U0841027

蒲公英

文麒留韩记

这是一部在韩中国留学生的小秘史，
描绘的是一段关于海外青春的金色记忆。

李 文◎著

人民日报出版社

图书在版编目（CIP）数据

蒲公英：文麒留韩记 / 李文著. —北京：人民日报出版社，2016. 10
ISBN 978-7-5115-4232-8

Ⅰ. ①蒲… Ⅱ. ①李… Ⅲ. ①长篇小说—中国—当代
Ⅳ. ①I247. 5

中国版本图书馆 CIP 数据核字（2016）第 244671 号

书　　名：蒲公英：文麒留韩记
著　　者：李　文

出 版 人：董　伟
责任编辑：陈　丹
封面设计：中联学林

出版发行：人民日报出版社
社　　址：北京金台西路 2 号
邮政编码：100733
发行热线：（010）65369527　65369846　65369509　65369510
邮购热线：（010）65369530　65363527
编辑热线：（010）65369528
网　　址：www. peopledailypress. com
经　　销：新华书店
印　　刷：北京欣睿虹彩印刷有限公司

开　　本：710mm×1000mm　1/16
字　　数：211 千字
印　　张：16. 5
印　　次：2017 年 1 月第 1 版　2017 年 1 月第 1 次印刷

书　　号：ISBN 978-7-5115-4232-8
定　　价：48. 00 元

仅以此书，纪念我们的那些光辉岁月。

自 序

当三十出头的我再次翻开这部文稿的时候，既没有了当初写作时的那些青春的、美好的激情，也不再有那个时期特有的焦虑与不安，剩下的只是铅华洗尽的平静和一个老男孩式顶天立地的无畏。

也许有朋友会问我，是什么念头促使我完成了这部十几万字的小说，我觉得，首先，这不是什么伟大的成就，只是我的一个渺小的行为。其次，因为我不安。这是我追求事业成功的一种方式，也是追求安全感的一种方式。再次，这是我的宿命，父母年纪比较大，所以，对我来说，从生下来，对于用努力来亲情反哺的危机感，就要比别人来的强烈。最后，因为追求，因为我有对朋友、对读这本书的你、对生活的，最真挚的诚意。我想这就是全部的理由。

去韩国留学以后，常有亲朋好友跟我询问关于韩国及韩国人的问题，问题的内容，一般来说大致雷同，从整形美容化妆品，到他们和中国人一样的某些情结，涉及韩国的经济、社会、人文等各个方面。开始我会热情耐心地一一给予介绍讲解，后来觉得总是重复已完成的思维是对自己的不负责任，是一种不孝，再加上自己又是学中文的，家族中又有一点创作传统，于是便想结合自己的经历，写一部关于韩国的小说以一劳永逸，便有了这部《蒲公英——文麒留韩记》。小说里的文麒有我的影子，但不是全部，这是一部小说，旨在塑造一个在韩中国留学生的典型形象，并反映一些韩国的风土人情，尽自己的能力为后来的留学者提供一些参考，希望能够为中韩两国的交流做出一点贡献。

总而言之，对于中国一般家庭的孩子来说，留学是不容易的。但这段经历，也是年轻的，我们的，人生的，最为光辉的时代。

李　文

2015 年 8 月 7 日

开　篇

这是一部国际版的小人物翻身记，小人物转型为人物的故事，描绘的是一条海外版的光明之路。故事发生的时间是二十一世纪初的中国高速崛起期，地点是韩国，主人公是在韩中国留学生文麒。

1

“如果明知不可为而为之了，那就是胡闹，要么就是热爱。”多年之后，当二十八岁，眉清目秀，却胡子拉碴的文麒，顶着一个卷毛头，呆坐在位于韩国釜山的一个小小的考试院①的房间内，苟延残息地继续着自己尚未完成，且不知能否完成的崇高的文学创作时，脑袋里冒出这么一句话。而此时，在他的世界里，夸张一点讲，疑似银河落九天地，自己仿佛已经是一个“孤家寡人”了。

完美主义的他从小便不擅长被动地去生活。上学了，从镶在大衣柜上的镜子中第一次出现背着小小双肩包的自己，到一路走到高中，归属感有是有的，但仿佛缺少些灵魂。面对眼中的一切，教学楼、校长、老师、同学、除了语文和美术之外的各种科目、作业、考试、升学，像是一些程式。有些呆若木鸡地维护着校长如经文一般强调的集体荣誉，最后随波逐流地参加了高考。还好，因为爱好文艺，所以自小爱好文学的他如愿被一所大学的中文专业录取，树立了人生的一个里程碑，以汉语文学专业本科生的身份进入大学这个被当时各路“愤青”称为“第二个围城”的地方。他不知道这样的愤怒有什么用，只觉得师范大学，就是蜡烛制造厂嘛。

---

① 韩国一种原本是专供备考学生，后来逐渐演化成的价格低廉的私人宿舍，设备简陋，空间狭窄。

在大学里，城市独生子的他结识了许多家中兄弟众多，族群关系相对复杂，遂从小便善于人事的农村同学，又拜读了陈忠实的《白鹿原》，了解了一些什么是农民，什么是陕西；经历了一次风花雪月，至今依然珍惜，却必须妥协于尘世；因为读的是名校，又地处陕西这个本来就盛产文化名人的宝地，因此随着各种因缘近水楼台先得月地获得了众多名师的指点，练就了写文章的基本功，最终更加稚嫩地毕了业。

大学之后，人生不过尔尔。不得不考研，却败在水桶原理手中，友谊万岁，落花流水。

好马不吃不新鲜回头草，好男儿志在四方，伟丈夫心翱八极。中国已经改革开放二十多年了，时代告诉文麒读万卷书、行万里路的最好方式是留学。多少年了，他要看看外边的世界。去哪儿呢？去近代文明的发源地欧洲，还是去当今最发达的美国，还是去一脉传承儒家文化的日本？或者去战斗民族的俄罗斯？再不然去物美价廉的乌克兰？梦总归要醒，醒了的他为了驱散依然余音缭绕的倦意，晚饭后独自出去散步，看到了一则赴韩留学的招生广告，广告上标明的学制和费用，以及未来的就业前景让他有些心动。他又研究了一遍后，觉得满意，心想，自己身材单薄，去西方先不说贵，面对高鼻子深眼睛的欧美大汉怕被揍，去经济实力普通的俄罗斯或乌克兰，在同样的理由下，经济上的回报率还太低。去日本，首当其冲的问题是太贵，当然钱的问题不是问题，哪怕自己过去兼N份职，但怕杀鸡取蛋一般地影响学习。而韩国，他印象中的这个与中国一衣带水的半岛国家，是一个从二十世纪八十年代开始迅速崛起的，如今已是中等发达的亚洲新兴工业国，遍地都是大长今一般的美女，人们彬彬有礼，有几家诸如三星、现代、LG等世界知名的大公司和一支希丁克带领的令亚洲对手闻风丧胆，让世界球迷不敢小瞧的黄种人男子足球队。九二建交以来，中韩关系在求同存异、共同繁荣的前提下迅猛发展，韩民族位于中日之间的那独有的，坚韧不拔的性格魅力，以及透过各种新闻、影视作品及书籍获得的这些关于韩国社会的发展程度、国民素质的良好印象和通过宣传描述感觉还算能够接受的消费水平，让他尘埃落定地找到了在韩国读书的高中哥们董轩泽，故事开始。

二〇〇五年的九月，当二十二岁的文麒收拾好行装，在北京只身乘坐国航 CA1632 次航班飞抵韩国釜山的时候，虽然预感到了即将在这儿开始的新生活未必会是想象中的那么完美，但可以兵来将挡，水来土掩。

中等身材的文麒平静地坐在狭窄的机舱里，栗色的头发闪烁着淡淡的光泽，暖米色的肌肤细致如玉；一双美如黑曜石般的眼眸，犹如朝露一样清澈，隐藏着尚未成型的魅惑；高而挺的鼻梁下边，是略显饱满的完美双唇。他的身边，漫溢着一股温暖的气息。

决定留学之前，人在西安的他，对自己的留韩生涯做了许多的规划和憧憬，权衡利弊，以及各种没法解决的顺其自然。而在真正飞赴韩国的一个多小时的时间里，他倒没有了那么多的想法，也神奇地没有了站在人生转折点的兴奋与不安。或许是因为人在旅途，只想早点安全抵达。

这时候，座位前方的屏幕显示飞机已经飞抵韩国上空。第一次出国的他将头靠近窗口，透过一些棉花云朵俯瞰下去，看到一些天蓝色的屋顶和侧身绘有可爱图案的白色公寓楼，火柴盒大小的现代汽车（猜测）行驶在平整、一尘不染的街道上，果然是头脑中那些“先入日韩”的感觉。虽然和他的家乡古城西安相比，布局显出些许的杂乱琐碎，但整体的色调更加光鲜清新。

机舱开始伴随着阵阵的轰鸣声向下倾斜，飞机马上就要降落了。降落了，马上到韩国。

尽管他对飞机的安全性会表示一定程度的质疑，飞机失事的概率和中

头奖或者患艾滋的比例大致相当，后两者却被寄予厚望地用来鼓励或威胁，且这天还是机票降价的“九一一事件”纪念日，飞机仍然无比平稳地慢慢滑行下来，让他看到了釜山金海国际机场登机口处，徐徐飘扬着的一面白色的，四角绘有八卦符号，中央部分有一个太极图案的旗帜。

他背着一个半人高的双肩包走出机舱，从背面看上去，好像是一个巨大的会走的包裹在动。下了登机梯，平生第一次踏在异国的土地上，文麒低头看看脚下的机坪，这异国的土地，有些什么不同呢？

他跟随着仿佛经验丰富的人们进入航站楼，走进机场大厅，别样的装修风格，中文全然消失，双眼充满了让他第一次对英文产生超常自信的韩英双语的指示牌，谦逊和蔼、笑容可掬的服务人员则变成了粉光若腻的韩国小姐和光彩照人的韩国先生。

领出行李箱的文麒不得不在语言和程序皆陌生的双重困惑下，通过工作人员的帮助，办了入境手续，通过安检，在井然有序的候机大厅门口找到了写有“S 大学文麒”中文字样的牌子和帮助他联系学校的同学兼好哥们儿，身材壮硕，好像一个柔道队员的经济学本科生董轩泽和一名有点谢顶，戴着精致眼镜，西装革履，身材高大，斯斯文文的中年男人。

董轩泽，江湖人称董哥。个头在一米八左右，蓄着一头短发，小麦色光洁的皮肤，闪烁着迷人的光彩；乌黑深邃的眼眸，透着不可撼动的坚毅；身躯凛凛，有万夫难敌之威风。家庭环境好，自己也非常努力。是一个如果上了战场大旗一挥，喊“冲啊”，下边的小兵们就会喔喔地去冲锋陷阵的人。行为尺度大，热爱生活。省重点高中三年，一直是“火箭班”的前几名，同时任职学生会主席。作为一名高中生，开车上学，还有个女朋友。作为一个在当时的中国高中校园里表现突兀的人，毕业之后，天时地利人和地选择了平台升级，去了韩国。转眼间，四年过去，如今的他，是一个讲着一口流利韩语的，举手投足间依然不失领军人物范儿的，韩国式的中国人。

寒暄与介绍之后，文麒跟着S大中文系的韩国人朴教授和董轩泽走出机场，走进韩国。

董轩泽开车，后座的文麒眼睛向着窗外，心想，这便是Korea啊。现代化的气息迎面而来：坐在车里，感觉得出的平整路面，四通八达的高架桥，高架桥下方被漆上明快绿色的水泥立柱，侧面绘有各种有趣图案的高层公寓楼，阳光透过低低的云层，投射在草木欣荣的山丘上的清晰云影，都让他直观地感受到，如今，韩国人的确已经把自己的国家建设得极具魅力。

同时，路边的风景令他觉得既熟悉又陌生，熟悉的感觉源自路边的一些中式的扇形屋顶，而扇形屋顶下的过厅木板又增添了一些韩式的异国情调。

“文麒，感觉这里怎么样?”这时候，朴教授用一口标准的普通话问道。

“非常整洁，天空好蓝。”文麒答道。

“韩国虽然国土面积不算大，但也有许多值得瞧一瞧的地方，这里的景点大都比较别致，也有一些名川大山，以后有机会可以去看一看。另外，韩国的一些企业也发展得不错，有机会，我们可以多交流。”

“了解了，教授。另外，我觉得韩国人足球踢得很棒，真的是亚洲为数不多的可以和欧美强队相抗衡的球队之一。”

“过奖了，韩国队踢得还可以。我们这里群众基础不错，大家有兴趣，踢得人多而已。”朴教授的语气中透出单纯。

“是的，教授，我也一直这么认为。”文麒平静地说。

“你还非常年轻，有很多机会在等你。希望这里会成为最适合你的地方。”朴教授语气中透着真诚。

“一定会的，教授，请您多指教。”

三小时过去，文麒终于看到在网站中见过的一块精致的大石头，石头上面用韩文篆刻着“S 大学校”[①] 几个字。随后，一栋红色的精致建筑出现在他的眼前，看上去像是宿舍楼。宿舍楼的正门前，站着一高一矮两个学生模样的韩国人。

“这是你的宿舍楼，他俩是你的学长，中国人。”董轩泽对文麒说。

原来是两个韩式中国人。

董轩泽又说，他们是在异国生活、生存的先行者，不光是学业上的前辈，还是生活中的大哥。这一点，在语言不通，文化存在差异的他国，更为重要。

高一点的学生留着偏长学生头，刘海稍微盖住修长的眉毛，大眼睛炯炯有神，深邃的眼底充满平静；皮肤淡黄，身着一件浅蓝色便式西装，卡其色休闲长裤，脚下踩着一双白色休闲皮鞋。矮一点的学生体态有些微胖，一头墨黑色的卷发，浅象牙色的皮肤，浓眉，棕黑色的眼眸如水晶一般澄澈，穿着一件黄色 T 恤，T 恤右下角部分上有个小洞；一条黑色日系牛仔裤，配着一双新款的耐克运动鞋。

跟董轩泽和朴教授道别之后，文麒跟着两位学长来到位于宿舍楼二层的寝室。寝室的大门上贴着一个福字。打开福字门，一些贴有韩文标示的寝室家具，对面书桌上搁置的几个韩国电器、一些中国食品以及电脑里正在播放着的老狼的《晴朗》，化作一股中韩文化交汇而成的生活气息，迎面而来。

“日后还请二位多指教。”进屋之后，文麒向两位学长鞠了一个中式

---

① 韩式中文，意为大学。

的，三十度的躬。

“都是中国人，有难处不用客气。”偏长学生头说道，“我叫关智渊，在这儿读研。”又指指左边的小胖子，“他叫刘哲铭，大三。”

“欢迎你成为S大学的一员。”刘哲铭接过文麒的行李，说。

文麒万物归其位后倒在床上。“两位学长，日后宿舍的勤杂事物由我负责。”说完，他望着天花板，开始无限憧憬日后无尽的未知时光。

2

日上中天。阳光透过宿舍的百叶窗，用被切成一格一格的琐碎明亮，将宿舍染成一片打了折的金黄。

关智渊和刘哲铭通过对于穷学生来说，甚至比女友还重要的，可以缓解无尽孤独的，海外的电脑，为了虚拟的梦，精神抖擞执着奋战到凌晨，此刻仍旧包在温暖柔软的羽绒被里醉生梦死。而这时，昨日累到虚脱散架伴着眩晕的文麒也才揉揉惺忪的睡眼，虽然还有些薄困，但在好奇心的驱使下，勉强自己从铺有柔软床垫的铁架子床上爬起来，去落实传说中的国外的学生宿舍。

两张上下铺架子床铁质的床架子很粗，结构上的封闭处看上去也很严密。文麒想起昨晚睡在上铺的刘哲铭几次上下取手纸，自己也没有感到什么明显的震动。天花板上装有一个嵌入式的中央空调，窗前半人高深褐色的木质鞋柜上，放着一个正在辛勤工作的，不断喷吐着白色水雾的卡通造型的空气加湿器。

他推开深褐色的宿舍房门，踩着脚下的淡黄色地砖走出房间。

不远处有个卫生间——这里被称为日式的“化妆室”，公用，一尘不染明亮卫生，卫生间对面的沐浴间里，被两幅质量不错的隔断帘分开的四个独立空间里有莲蓬头，打开便有热水冒出来。楼层的中间地带被改造成一个四方结构的，供学生休息聊天之用的大厅，大厅的门口，也就是楼梯处朝南，西面的墙角边摆放着一个装着钢化玻璃门的公用大冰箱，里边零星放着一些学生们需要冷藏的食品。冰箱旁边一米多高的小桌子上，放着两个摞起来的微波炉，小桌子旁摆着一个立式一体饮水机，东面，靠壁放着两台分别提供饮料和咖啡的自动贩卖机，其余的地方摆放着一个长条形的皮沙发。

下了楼，底层有一个昨晚刘哲铭描述过的，供学生免费使用的电脑室，里边约有十几个电脑被面对面摆放成两排，液晶显示屏，网速是一百兆每秒——来韩国之前，他听说过这里的超高速网络技术。虽然门上贴着“NO GAME”①，但显然法没有束众，事实上的游戏室内人气依然相当旺，多名男生在热火朝天地玩实况足球游戏，根本没有文麒涉足的余地。

这样条件的宿舍，四人间，单人单月的费用是十二万韩币②。

文麒按照朴教授的吩咐，下午去语学堂③报到，他返回头去找关智渊和刘哲铭——他史无前例地迷路了，望着全然相似的建筑，一抹黑的馆名，张着一张患有急慢性口吃的嘴，他束手无策。全然陌生的环境加上异国的语言，让他对寻找目标这件事无从下手。

“我带你去吃饭吧。”刘哲铭扑棱了几下和枕头亲密无间超越十二个小时而凌乱无比的卷发，抓起刷牙缸走出门去。

文麒跟着刘哲铭来到学校食堂，路上衣着劲爆时尚平均三人便是一个偶像派歌手模样的韩国学生三五成群地出现在他眼前，如今到处都是“韩国留学生”，而他变成了与众不同的外国人。

这会儿是饭点儿，可食堂门可罗雀，不知道是不是因为食品种类不多的缘故。不像中国那种，每天走到饭堂，光是思考吃什么，就要花去十分

---

① 英文，意为禁止游戏。

② 约合一千人民币（二〇〇五年汇率基准）。

③ 韩式中文，意为语言培训中心。

钟时间，学生们人头攒动，甚至需要排队购买的，人来人往的大型食堂。而食堂不大人不多，也多少反映出学生也不多，这里先作为后话。

橱窗顶部的菜单展示牌上，有用天书般的几个韩文单词标识的饭菜种类，据刘哲铭说，那分别是：鸡腿汤饭、泡菜汤、拌饭、套餐、手切面和拉面。天书的下面，是几个烫发、衣着整洁、戴塑胶手套的大妈。她们中的个别人，在化妆品的掩护下，在文麒看来，一脸的雍容华贵。大妈们手持夹子，或者各种碗盘，在橱窗里忙忙碌碌。橱窗旁边的桌子上，摆着一个直径达五十公分左右的大盆子，里边装满红红的辣白菜，旁边放着几个食品夹，旁边有零零星星的几个学生在用。刘哲铭说这里的拉面和中国及日本的概念不同，这里指的是方便面。文麒看了下，果不其然，这里贩卖的所谓拉面，就是一包上边印有“安城汤面”四个汉字的方便面，在锅里煮一煮，几个葱叶扔进去，打一个鸡蛋，再配一小碗米饭。这叫拉面饭，刘哲铭说。这里是这样的，买一个饭牌，去点吃的，刘哲铭又说。

文麒为了一包泡面而付出约合十五元人民币，买了个饭牌递给一个厨窗里雍容华贵的大妈。大妈看着他讲了一句什么，虽然根本没听懂，但大妈的眼神似乎在问文麒吃什么，他又看了看已经买了个鸡腿汤饭坐定的刘哲铭，但刘哲铭坚定地没有要过来帮忙的意思。

于是身兼好色之徒与学生两种身份的他，用矮子里边拔出的英语将军问了旁边的一个白白净净，染着金色头发的韩国小女孩——小巧女孩。

“Excuse me，what is it in Korean?”①

“la miang.”② 小巧女孩露出一个可爱的微笑，对文麒说道。

“Thanks.”③ 文麒谢了女孩，向雍容华贵的大妈走去。

---

① 英文，意为：劳驾，这个用韩语怎么说？

② 韩语发音的汉语拼音标注，意为拉面。

③ 英文，意为谢谢。

文麒端着一小锅拉面坐到刘哲铭面前。没有因艰难而衍生的烦恼，因为初次遇到的场景所带来的新奇感，淹没了那些日后才逐渐显现出来的焦躁。

“在国内学过韩语吗?”

“学过一个多月。”

“用心学吧，在这里生活只能靠自己。”刘哲铭这么说道，让文麒听上去顿时感到一丝寒意。

吃完饭，刘哲铭又告诉文麒，这里的食堂是自助的，不是自助餐，是自己取饭，吃完后再自己收拾餐具。于是，文麒跟着刘哲铭，跟着韩国人将剩下的饭菜倒入专门的回收处，再将餐具分类放好，离开。

在刘哲铭佛一般的指引下，文麒找到了传说中的语学堂，因为留学生中，中国人占绝大部分，所以在这儿工作的职员都与时俱进地会说中文，他也得以很快办好入学手续——便要在这里开始为期一年的韩国语课程。刘哲铭显得和这儿的老师关系很熟，一会儿问问这个，一会儿说说那个，而文麒刚刚认识他，还不是很了解这个小胖子，但至少看得出，刘哲铭至少的确能和韩国人自如交流。

过了一会儿，习惯性迟到了的刘哲铭焦急地上课去了，而文麒捧着刚刚领到的韩国最高学府——首尔大学编纂的对外韩国语教材，自己在语学堂所在的人文馆里瞎转悠。多么整洁大方的别样装修风格的楼道，多么美观明亮的顶灯。

文科教室设在人文馆，等他找到时，已经下课了，只见教室门口涌现出许多韩国学生，他们打扮时尚入流，烫着卷发，戴着蛤蟆镜，拎着漂亮的皮包，一个个都好像韩剧中的某个角色。男生一个个身材高大，一眼望去，目测在一米八以上的不在少数，该是和山东差不多纬度的缘故，当然也不尽然，比如说，基本上也同在此纬度的他们的同胞——朝鲜朋友的身

高，因为营养摄入等问题，就要矮一些。胖子没见到几个，早听说韩国胖子少，这该和他们的饮食结构有一定关系。据文麒早前了解，对于中国人来讲，在韩国吃饭就像在寺庙用斋，意思就是觉得缺油水，饮食以清淡为主。当然，这并不代表韩国没有美食。另外，也许还和韩国的兵役制度有关，韩国男性都要无条件服兵役，他们在军营里，固然少不了要锻炼身体，因此，应当也有很多的人，在那段时光里养成了健身的习惯。女生非常漂亮，她们皮肤白皙，睫毛上翘，如云的卷发乌黑亮丽。她们和以往印象中韩国电视剧中的人物有差别，也许是“第一手材料”的缘故，甚至比电视中的演员更显得真切、美丽。身上穿的耐克和阿迪达斯是全球流行的，但款式很陌生。除了阿迪和耐克，还有一些他第一次见到的品牌，想必是韩国的本土国际不知名品牌。

过了一会儿，文麒感到有些审美疲劳，于是坐在了一个拐角大厅里摆放着的半圆形沙发上，打算休息片刻。这时候，一名烫着卷发，个子不高，瘦瘦的体格，一张棱角分明的“刀削脸”上，戴着一副显得人文质彬彬的无框眼镜，眼镜片下一对柳叶眼透着心思敏捷的朋友，从地底下冒出来一般地出现在文麒面前，用仿佛患有轻微口吃的中文问道：

“你好，你是中国人吗?”

“是的，您怎么知道?”

“一看便知。”柳叶眼这么说道。

听柳叶眼这么说，文麒照了照沙发对面的大镜子，自己的衣着风格看上去仿佛和大环境是不怎么兼容：中国风十足的李宁风衣加运动鞋，汇合在周围的阿迪、耐克、彪马以及他尚叫不出名字的韩国品牌中，显得较为突兀，最后，还点缀着一个伴有浓重西安风的毛寸发型。

“那么您是——”文麒将视线转回，问柳叶眼道。

“我是韩国人，去过中国，在北京学习过两年。”柳叶眼冲文麒笑笑。

“厉害。”在哑巴文麒看来，轻微口吃已然是遥不可及的高度。

“我是中文系四年级的，叫金承勋，我就读过清华大学。”

“噢，我叫文麒，你这么用功啊。”文麒面带疑惑地望着他，不明白如此优秀的人物为何如今和自己做了同学。

“哪里哪里，清华语学院[①]。冒昧地问一下，你的手机号是多少？”提到语学院，金承勋顿时有点像个泄了气的皮球，换了话题。

“我昨天刚刚到韩国，没有手机。”文麒理直气壮地示弱。

“噢，原来如此，欢迎欢迎。”金承勋递给文麒一张上边写着什么的小卡片，“这是我的电话，这样，你有困难就找我吧。”

“谢谢，那我就找你了。”文麒厚着脸皮说道，然后接过卡片，对着名字和数字行了注目礼，塞进钱包里。

---

① 韩式中文，意为大学国际交流学院中的汉语培训班。

3

文麒躺在床上，仰面朝天，旁边的床上躺着喝了点小酒，酩酊未醒的关智渊。文麒问他今天为什么喝了酒，有什么好事，于是，关智渊兴致勃勃、眉飞色舞地说他今天很逍遥，运气不错，找了个肤如凝脂、发黑如夜、凹凸有致、家底殷实的韩国妞儿。听关智渊如此低调地描述，文麒脑海中浮现出一名描着黑色眼影，气若幽兰的韩国酷女，导致自己没了倦意，所以，他试着去回忆一些美好的事儿，以帮助顺利入眠。

“文麒，你登陆证①下来了吗?”拉灯以后的卧谈会，因为同样原因睡不着的刘哲铭的声音从上方传来。

“没，听朴教授说还得几天。”文麒说，“刘哥，我现在是一黑人，但已患白癜风。”

“黑倒不是，你肤色比我白多了。”刘哲铭说，“就是暂时办不了事，只有一张小白脸。”

“咱俩谁大啊，你就叫我哥，我和智渊是八〇年的。”刘哲铭又说。

“我八三，没吃亏。”文麒说，“吃亏也没事，吃得亏中亏，方得福中福。望二位学长不吝赐教。”

“没问题，相识即缘分，给你当哥呢嘛，遇到问题尽管说，我们不会

---

① 韩式中文，外国人身份证。

袖手旁观。再说了，教学相长，助人亦助己。”刘哲铭代表自己和关智渊说。

“明白了，刘哥。敢问你们平时除了泡妞和学习还做些什么?”文麒话锋一转，还将泡妞排在了学习前边。

“没什么特别的。赚钱，玩儿。玩儿也重要，也要会玩儿，要会放松，有张有弛。另外，泡妞可以和学习相结合，阴阳和谐才能气定神闲，事半功倍。”关智渊清醒了点儿的声音传来。

“高手就是高手，果然境界不同，看得透舍得关系。那怎么玩儿呢?”闻此慧言，文麒敬佩地说。

“虽然我们是外国人，和从小生长在这里的韩国人未必有那么多的共同语言，但还是要跟韩国人玩儿，哪怕硬着头皮，因为这里是韩国。无论在哪里，我们的一切行为，都是围绕着生存这个主旋律发生的。在玩儿的过程中，大家可以相互了解，增进友谊，互通有无，互相帮助。当然，我们作为一穷二白的留学生，很难帮得到当地人，这就要求我们交往的目标，要有的放矢地放在中文系的学生上。而和中文系的学生在一起，也是一种物以类聚。和他们吃饭、唱歌、跳舞、再吃饭，一夜，散。”关智渊继续说道。

“明白。”文麒说。

“这里比较劲爆。”刘哲铭说，“这里的人个性比较鲜明。”

“多教教我，刘哥。”

“慢慢儿来。证下来，拿到公信，合法地活动，你的韩国生活才能步入正轨。”刘哲铭拉上被子，“我先走一步。”遂尚未等文麒说出“哥永垂不朽，我们会怀念你”，房间内便顷刻间响起中高频清晰亮丽，低频厚实刚劲，层次感分明的强大鼾声。

“关哥，你以前谈过没有?”在刘哲铭强大鼾声的四处围剿下，比刚才

更加无法入睡的文麒问道，声音绝处逢生般地传到关智渊的耳朵里。

“谈过。”黑暗中，关智渊的声音同样艰难地传出。

“韩国人还是中国人?”

“韩国人，但没未来，只是互相学习，搭伴儿，避免阴阳失调。包括今天这个。”关智渊徐徐道来，“我以后计划去日本读博士。那时候，如果还好着，见面也困难了。一般来说，见面困难了，人的关系就会逐渐淡化。”

“关哥果然低调奢华，卓尔不群。我一直感觉哥是一个自立，有主见，不死板，懂得努力进取，享受生活的人。”文麒只听到了上半句，“有没有什么秘诀教教兄弟?”

“谈不上秘诀，只有一点心得。”关智渊被文麒这么一夸，心血来潮，整理了一会儿思路，打开了话匣子：

“想泡韩妞儿的话，第一步：要明白韩国女孩也是女孩，和中国女孩有共同的特质。

第二步：在了解、吃透第一步的基础上，塑造形象。首先，形体。男性形体中，最有魅力的四个部位是：胸、腹、臂、臀。当你的身材不再单薄，而是结实饱满时，你在女性眼中的形象自会悄然加分。你去换位思考一下，要是你女朋友来个小肚腩、水桶腰，你将做何感想，再看看那些好莱坞大片，哪个男主角不是一身健硕的肌肉？其次，在基本完成身材塑形之后，就应该逐渐把注意力放到服饰的选购上来。俗话说得好，人靠衣服马靠鞍。三分长相，七分打扮。做做头发，注意一下护肤，买些时尚点儿、与环境协调的衣服、鞋穿上，再整个考究点儿的包，就行了。买衣服穿得舒服不舒服，暖和不暖和不是最重要的，服装配饰在当今社会更重要的属性是体现风格、品味、价值、个性、情绪等，与穿着者个人更加关联紧密的东西。

第三步：要尽你所能去认识韩国女孩，不能要脸——当然，也不能显得无聊又猥琐，相信自己的境界，一定能成功。必要的时候，要坦然花钱。然后认真挑选，重点突破。你认识的人中不一定都是对你有意思的，所以你要挑选对你比较感兴趣的下手，这样的话，成功率就大大提高了。人常犯的错，就是把精力用在对自己不感兴趣的人身上。

第四步：约会日程安排。感兴趣的话，就要约会。首先，时间选择在下午四点较为妥当，既不存在早上起不来的问题，也避过了中午的困倦，又给了对方补妆等缓冲时间，并且，因为是第一次约会，大家一般都比较生疏，最好不要一起出去玩，先选择咖啡厅，坐一坐，喝点东西，进一步了解一下彼此，找好一点的表示诚意。其次，六点，看情况，如果人对你不反感，就在一起吃个饭，找个好点儿的有特点的餐厅，表示诚意和你的特色。再次，八点，如果她依然不反感你，就要尝试找一个酒馆儿，再喝点儿酒，但是，千万不要喝过了，搞得壮志未酬身先死。最后，十点，这时候二人已经薄醉，也累了，你需要一个合理的借口和一个两人的空间，你可以直白地讲还想和她在一起，然后找个旅店，再买瓶红酒，然后你翅膀就硬了，也不用我说了。”

“明白了关哥，哥路数比我清晰多了，果然是约会学大师。我在国内谈过一个女友，出国前我感觉学习太忙碌就分手了，至今担心是不是错过了此生唯一的好姑娘。”文麒有些忧郁地说。

“你和大家一样，错过的只是第一个好姑娘。言归正传，如果你没有实践我泡妞术的那些勇气和能力，那我刚才就只是锻炼了口腔肌肉。”关智渊没有继续往下说，渐渐安静下去，最后房间内只剩下刘哲铭的重低音环绕立体声。

“关哥，天生我材必有用。”文麒回光返照道。

“钱财的财。”关智渊的声音弱没了。

文麒发了一会儿呆，不知为何感到一点失落，状态由巅峰慢慢坠向低谷，不知是因为自己夭折的爱情，还是因为刘关二哥的先走一步，以及刘哥的环绕组合式重低音。

4

文麒开始了海外的第一堂课。老师是一位四十多岁的韩国女士，有一头乌黑浓密披肩美发，一张微黑却不失秀美的脸庞和一双杀伤力极强的大眼睛。衣着与二十多岁女生没有多少差别，戴着美瞳，煞是一番文麒从未见过的韩国式时尚。尽管已然“高龄”，外貌又这么出众，却还没结婚。看上去，自由自在，可在他想来，却孤苦伶仃，怕是年轻时候太过挑剔。当然也可能是真正的独身主义者，而文麒更愿意相信，更多的时候，女人像一包方便面，过期了就不会有人泡了，这是一个高概率的现实。

文麒语学堂的同学们一看便知几乎全是他的同胞，即使不说话，从由内而外反映出的熟悉的眼神、身姿、衣着、发型等方面亦可得知他们全部来自中国的四面八方。自我介绍后，他知道了这里东北和山东人居多——近水楼台先得月。

出国像个过滤镜，这些中国同学们，大都身着新款的彪马、卡帕、美津浓、阿迪达斯和耐克、阿玛尼和香奈儿。仅从扮相上，已经不怎么看得出谁是贵族，谁是平头百姓，只有一点尚且一致，平头百姓——比如文麒在功课上一般来说都相当的努力。韩国的物价对他而言是很高的，所以自己想要就地谋些生计，而聋哑加文盲去找工作，等于首先给了老板一个侮辱，且老板还是自己不学无术的同班同学。

另外，据文麒的观察，班上个别人的行为并不太像是一个学生，他们

睁眼便是俩铜钱，张口便动辄谁的手表、皮带怎么昂贵，因此而偶尔亢奋的表情，显现出些许部分小资产阶级的虚荣。如果他们未来想做学者，那么现在就违背着作为一个预备学者的预备无功利性，如果打算闯荡社会，从政或从商，那么成为一个成功的政治家或商业精英的目标，看上去也离他们很远。不过这些可以先放在其次，当下的文麒不得不首先对自己迅速干瘪下去的荷包产生危机感，一碗泡面十五元人民币的物价，让作为一名留学生，经济上只出不进的他感到有些吃不消。虽然作为学生，尚可理直气壮地跟老爸张口，但许多成功人士在学生时期便开始事业小成的案例让自己背负着无形的压力。

一天夜里，上完课，在图书馆里又泡了几个小时的文麒，背着书包，踩着星星的脚印，路过宿舍公共卫生间时，捎上了拖把和扫帚，风尘仆仆地回到寝室，只见目前课余在庆州一家公司做兼职的关智渊一人坐在电脑前，伴随着指尖敲击键盘的噼里啪啦声，不亦乐乎。

“关哥，我回来喽。不知道中国学生有没有打工的，一般都做什么？哥分析像我这样的能做什么？”他放下东西，问道。

“当然有。做什么的都有，像你这样的新人大部分在工地和工厂，钱是可以赚一些，但怕浪费时间，耽误学习。经济如果还可以，建议不打工。”在这里学计算机的关智渊，依然盯着屏幕里那些让文麒摸不着头脑的专业符号，先粗略地回答了一下文麒，又一心二用地话锋一转，问道，“你想干什么？”

“我不知道，小弟是穷鬼，关哥，我等于过得是低保都没有的生活，低保还有政府定期发钱呢。有没有希望找个中文家教干一下呢？这样一来，既能传播中华文化，又能学习些书面的标准韩国语。”文麒问道。

“胡说，你有父母定期汇钱呢。这里所有的中国人都想干中文家教，供过于求，倒不是打击你，你可以试试。对了，你是什么签证?”关智渊否定了文麒，又问道。

“D4 语言签证。”文麒没有也没胆子搞特例，没有越级，只是平平常常本科毕业来韩国读硕士，第一年是语言签证。

“语言签证的话，按规定是不能打工的，非法。如果被抓，会被遣送回国的，那你还只能去找可以避开法律的家教了。”关智渊又想了一下，继续说道：“但是，纵使你找得到，家教也不稳定，雇主心情不好也就把你炒掉了，且家教不可能让你教一整天，收入也就不会那么多，当然，你可以多找几份。”

“是的，关哥，我在国内教过初中生写作文。有的赚就行。不积跬步，何以成千里。再长的路，一步步也能走完，再短的路，不迈开双脚，也无法到达终点。”

“你可以先找一下试试。只是这所学校所有的中国学生都想做家教，他们都胸怀着对生活最美妙的憧憬，但最后都做了粗活。依我所见，虽然仅仅是一份家教，但也是和人接触的工作，和人接触就要会做人，而这里是韩国，这要求你对韩国社会文化有一定的了解，要求你的韩语水平至少要达到与人沟通基本无碍的程度。在我看来，你目前尚不具备这些能力，若想如愿以偿，需要很大的运气。”关智渊继续说道。

“是，关哥，凡事预，则立，不预，则废。那我就先骑驴找马，骑稳蔫驴才能找到骏马，关哥看我能干点什么别的吗?”听关智渊这么分析完，文麒选择至少在大哥面前暂时将家教之页翻过，一边抄起扫帚，开始扫地，一边问道。

“如果一定要干，对目前为止只来了两个多月的你来讲，一般来说，就只有工地和工厂了。不过，话说回来，在我看来，除非倒大霉，一般也都没什么事情，韩国的 GDP 里也有广大非法外籍劳工的功劳嘛。当然，另

一方面，由于没有合法身份，包括薪酬等各方面待遇也就不受法律保护，并且还有被抓遣送回国的风险。而如果突然被抓，影响生产暂且不论，企业还需要额外承担罚款。因此，非法工人的收入有时候会低一点。而话又说回来，如果没有非法外籍劳工的低成本劳动，韩国产品的价格也会升高，进而削弱在国内及国际市场上的竞争力。在这一点上，法务部远比咱们明白得多，何况，韩国人自己也有在经济更发达国家非法打工的过去和现在，从人性及感情角度出发，多少也会理解。因此，对这种行为，他们的处理态度也是相对温和的。关键问题还是在于你的体力及语言能力，你干得了吗?”

“体力方面不好说，没体验过，没经历过实践的考验。目前来讲，只能说有纸上谈兵的吃苦决心。语言方面，现在只能说加上肢体语言，可以和韩国人勉强交流。”

“可以先试试干工地，这个工作因为较为辛苦，所以相对好找，同时，对语言的要求不高。适合没有经验，语言也欠佳的你。另外，工作很灵活，可以日结。工资方面，一天五万，有的超人能干六七万的，每天流的汗水能装满一个矿泉水瓶子。看你这身板儿悬啊。”关智渊说。

“主观上讲累点不要紧，当然也不能盲目乐观。还有别的选择吗?”文麒一边放下扫帚，抄起拖把，开始拖地，一边问道。

“别的嘛，对你来说，暂时是没了。工厂是没有日结的，你还得上课呢。并且，工厂的工作也不是你想象得那么轻松，在这儿，男生一般只能找得到汽车配件厂机床加工之类劳动量比较大的工作。总而言之，你现在的状况是，说不了话……而越是不需要说话的，也就越不需要动脑子，也就越累、越辛苦。还是先学好韩语吧，将目光放长远一些。”关智渊关了电脑，提起装着洗漱用品的小塑料筐，捎起扫帚和拖把，去了沐浴间。

5

“你出国读书，是为了在外国的图书馆里上自习?”一天黄昏，下了课，手里拎着本琼瑶小说，漫游到图书馆的金承勋问了问坐在对面的文麒。

“习惯了，我在中国就这样。”文麒是真的习惯了。习惯这种东西，有时候科学也对它无可奈何，就像明知吸烟有害还要吸，明知早起身体好，该起不来还是起不来。

“出去玩吧，你为什么要离开家乡，来到韩国呢?我觉得边玩边学的效果比较好，走出去，和当地人接触。你的这个习惯已不适合当前形势发展的要求，你现在首先要了解的是韩国的语言文化和风土人情，你出国是为了得到第一手的材料。我在北京的时候，常常跟着中国朋友出去踏青，去了长城、故宫、颐和园、天坛，去了天津、成都、长春、青岛、大连、深圳、广州、上海等。在这个过程中，见识了许多中国的高山丽水和都市风情，中文水平也得到了长足的进步。在国外学习语言的好处就是下了课也可以时时刻刻接受面授教育，不要浪费你的学费。”

“了解了，你说得对。我会一方面尽可能多地走出校园，一方面多和韩国人接触的。”文麒将书本合起，在大厅里的自动咖啡贩卖机上买了两杯咖啡，递给金承勋一杯。

“假期有时间去首尔看看吧，首尔是韩国的中心，有许多名胜古迹，

也是韩国各大知名跨国公司的本部所在地，聚集着韩国的精英，比较有趣。”金承勋继续说道，“我是首尔人，放假的时候，我们可以一起去，希望你能够顺便将所见所闻用中文告诉我。”

“以后会去的，是什么原因让你选择了中文呢?”“低保”文麒换了个话题，问道。

“本来想学日语的，首先，韩语和日语同属阿尔泰语系，语法和词汇有许多相似之处，韩国人学好日语比较容易；其次，韩国离日本很近，交流很密切，韩国年轻人也向往东京，我们也是看七龙珠、灌篮高手、机器猫，用索尼、佳能、东芝长大的，现在又开着丰田、本田、雷克萨斯。后来我觉得，中国是东亚文化的中心地，中华文化是全世界最优秀的文化，现在的中国市场在奇迹一般迅速地成熟和扩大，学习中文无疑更有前途，再加上父亲的支持，就与时俱进地选了中文。”金承勋娓娓道来。

“中国有值得学习的地方。”文麒想到了中国香港、北京、上海、潘石屹、马化腾、马云以及刘哲铭等，说道。而后，身为长安子民的他也没忘正宗的中华文化，“文化是一个企业、国家发展的后劲，是一个企业、国家的软实力，是反映综合国力的重要标志。”

“韩国人认为中国拥有世界最高水准之一的文化，我还想去掉之一。何况，我们也是近邻，唇亡齿寒的关系也很密切。在这儿，没有人不尊重孔子，朱熹对朝鲜社会的发展影响也很大。在韩国，还有许多朱熹的后裔。”

以后的日子里，文麒没事儿就找金承勋抽个烟，喝个酒，聊聊各自在对方国家的生活感受，互相讲解一些学习上遇到的问题，聊聊女孩子，尽管有点阴阳失调，但仍然是和谐而快速地进步着。

此时的他，偶尔还会被金承勋叫去参加中文系韩国人的聚会，开始的时候，很新鲜，韩国人用的是一种扁扁的钢制筷子，吃的是在铁盘上自助烤出的肉片，喝的是小绿瓶子的烧酒。虽然也都是相同的黑头发，黄皮肤，但张口皆为与自己完全不同的，且是由内而外的韩国语。韩国人也新鲜，一个中国汉族人，出生、成长在与他们不同的环境，讲着一口异常流利的，他们正在为之投入着至少是很大一部分青春的汉语。

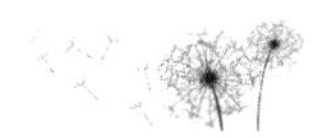

6

刘哲铭和关智渊分别来韩两年和四年，比起文麒，他们更加了解韩国，更了解这所学校。文麒经常性的在生活中出现诸如不识字、缺钱、不认路等问题，他们都会慷慨相助，可谓肝胆相照、患难见真情，并且君子施恩不图报。文麒也很有觉悟地包办了宿舍里他作为后辈所应该做的打扫卫生，以及力所能及的在日常琐事中帮前辈打打下手。做到了一个萝卜插一个坑，一种插头配一种插座，做好了渺小又必不可少的革命的螺丝钉，最大可能性地配合了前辈，用自己的时间点亮了前辈们后院生活的明灯，让前辈们时常感慨，自从文麒来了以后，宿舍天天一尘不染，自己做什么事情的时候，也如踩上了风火轮，更加雷厉风行了。文麒也是幸运的——与他同期的，语言班的同学，有的尽管做到了分内之事，但依然遭到同胞室友的威胁，甚至是殴打式的“关照”。而这种事情，虽然发生在韩国这个法制相对健全的国家，但基于某种、特别是存在于这所规模不大的学校的潜规则，一旦发生了这种事情，要不然就是不想惹事的学生自己认栽，大不了也是由校方出面摆平，很少，甚至几乎不会去惊动警察，以至于影响到方方面面的利益。但是，这也造就了流氓学生更加肆意的胆大妄为。当然也有自己不懂事的，倒霉就要怪自己。

在一次中国穷哥们的聚餐上，文麒不知天高地厚地问道：“他们怎么能被打呢，凡事不能不介入吗？只不过是过来学个习嘛，目光短浅。”

“很多事情你以为你想不介入，就能不介入吗？你被关进精神病院了，你想正常就能正常吗?”刘哲铭说，“人生如戏，要演得出色，首先要深谙规则。就算你可以尽可能地避开一些纷争，但常在河边走，哪有不湿鞋呢?”

“是的，没被捅五十多刀就算幸运。”董轩泽添油加醋。“人生就是如此，读完语言快点离开这里吧，我已经联系好了首尔的名校。”

关智渊说：“作为目前的我们来讲，只能既来则安之。”

随着时间的推移，文麒班上的同学也日渐减少，他们中少部分人去做了非法工人，大多则转去了其他的学校，好像离婚的高发期在蜜月一样。转学离开和打黑工去的同学不必多说，剩下的学生最终竟也根本不来上课。

“我们这儿是小学校，庙小妖风大。”关智渊说。

7

韩国的秋天，校园里的丹枫叶变成了火红色。文麒的同学日渐凋零，昔日的同窗，已如窗外的景色，落英缤纷。

这样的景象让文麒虽然渐渐有了一种被生活强暴的感觉，但若将目光放短浅一些，退一步海阔天空，也还是好的，至少他的成绩会变成全 A0——这里是相对评价①，而常常连他在内只有两个人在上课。而凭借优异的成绩，申请一所更好的学校的研究生院，这样一来，前景还会是美好的，塞翁失马，焉知非福。

某日的一个黄昏，文麒和关智渊被一个中国同学以咨询学业上的事情为由，邀请出学校。饭桌上，那名同学却显得思维混乱、不知所云。于是，尚未酩酊之时，出于人道，不忍心让糊涂蛋再做冤大头的二人便向宿舍方向游荡回去。

到了宿舍，走在前面的关智渊打开房门，看到刘哲铭开着的电脑，格斗中的魔兽。往下一看，刘哲铭躺在地上，头发里渗出一点血。

“怎么搞的?!”关智渊迅速上前扶起刘哲铭，文麒高速叫来楼管，楼管见状拨通了119②，救护车在十几分钟之内赶来将刘哲铭拉到医院，止了

---

① 每个班根据分数，按照一定的百分比给予成绩的方式。例如，每个班百分之三十的人能得到 A0 以上的成绩，百分之七十的人能得到 B0 以上的成绩，以此类推。

② 韩国的急救电话。

血、缝了针、吊了瓶。

“我中招了，给两位添麻烦了。”头上裹了一圈纱布的刘哲铭躺在病床上，声音有些沙哑，面色快赶上纱布一般地苍白。

“怎么回事?”关智渊问道。而文麒则在一旁专心听讲，虚心学习。

“我捋一捋。”刘哲铭眉头微蹙，原本沙哑的声音又软弱下去，约一分钟后，娓娓道出事件的原委：

原来是一个“全球最好的朋友”，借了刘哲铭的钱，逾期不还、还经常电话不接、短信不回、登门不在，刘哲铭因此与其交恶后遭到了报复。而支走关智渊和文麒的那个同学，十有八九是个卧底。

“不成熟啊。”关智渊说道，“交友不慎。”

“人善被人欺。”刘哲铭躺在病床上，虽然精神未倒，并不泄气，但声音绵软地说。

尽管有医保，刘哲铭还是为此出了不少钱，于是后来他去学校汇报了此事，然后表示实在不行只能报警，最后在惊慌的学校的主持下，惊慌的肇事者将欠款、医疗费、精神赔偿金送到刘哲铭手中，刘哲铭选择了统统收下，没发挥什么收下了就表示原谅等联想。

“欠我的就拿着，这是接受赔偿，不是与人应酬。我不打算跟这样的人再有什么瓜葛了。”刘哲铭说。

“明哲保身吧，我们在国外啊，凡事要安全第一。”卧谈会，关智渊说。

“奈何明月照沟渠。”文麒说。

“识时务者为俊杰。”刘哲铭说完，丰满度极高的共振组合式鼾声响起。

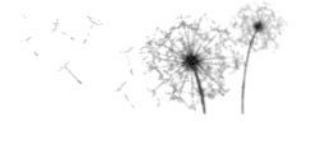

8

文麒继续着自己的生活，吃饭、睡觉、学习、玩儿。有时候，觉得在这样的状态里找不到与众不同的端倪，不甘心做一个大路货，又缺乏资本去不平凡。

遇到过不计其数、乱七八糟的琐碎困难，董轩泽等哥们会易如反掌般通过指点迷津，或直接亲自出马帮他解决。而真正的困难来临时所能依靠的只有他自己，像只不幸坠入深坑，即将被无计可施的众人活埋的驴子，只有自己踩着从脑袋上抖落的土，才能一点一点增加高度，最终自救成功。而有时候，只是单纯地坠入深深的枯井，却不知道自己是什么，也不知道接下来会怎样。只能去想，也许这黑暗中的宁静，倒才是生活的真谛。时而看到国内朋友在社交网站上晒自己的理想工作、美满婚姻、美味夜宵的照片，便欲罢不能地想念如鱼得水的故乡的便利与自由，以及汽水和烤串。

“想念中国，明天就可以买张机票回去。”刘哲铭说。

“我买火箭票回去。那我就纯粹是明知败家，我也就把事情办了。”文麒回复道，“好男儿意在千秋，不图一时之快。”

半年的韩国生活，文麒每天早起、上课，和中文系的韩国学生们，相互帮助，物以类聚，不论是韩国人，还是中国人，都是人，都有人性，除了语言文化等方面的差异之外，这些韩国学生和文麒一样的单纯，善良。

文麒状态平稳，但初级阶段免不了要经受各种考验，如果想要成就一番大事业的话，事业的规模越大，对自己的考验也就越阴险，越凶残。文麒虽然懂得要和困难抗争的道理，但囊中羞涩的他终究在过着两点一线始终如一的生活。

因为囊中羞涩，他无法和相对富有的中韩同学们一起吃饭，一起玩儿；因为囊中羞涩，他经不住朋友用借钱的方式对自己友谊的考验；因为囊中羞涩，他不得不去过一种令普遍富有的同学们匪夷所思甚至有些同情的生活——他总是尽量避免哪怕是AA制的聚餐，甚至只是一个普通的食堂便餐；因为囊中羞涩，他除了拥有一张会说话的嘴和一些同命相连的穷哥们儿之外——虽然这就够了，但毕竟在大部分女孩眼里等同于一无所有。身在这个集体，灵魂却又游离在集体之外，导致友谊之树只见发芽不见开花，更别说结果。文麒，不得不辛勤着，而实际上却仿佛是在为了生活而生活，为了生存而生活。这是摆在伟人种子文麒面前的，成功道路前半段上的艰难险阻。

父母在，不远游。孔子的这句话至今也不过时，因为人与人之间无法通过网络和电话感受到对方的气息和温度。

为了理想和前途，他离开了年迈的父母，也和女友分别了。因此，从他“落花流水”踏上韩国土地的那一刻起，便不想，也不能再失败。

他偶尔和韩国或中国的朋友们谈谈未来，未来总是在他的“蛊惑”下，变得因未知而充满恐惧，又充满希望。

9

凡是群体性的活动便有大浪淘沙，起初和文麒一起上课的同学，如今只剩下一个丹凤眼，瓷器般的象牙色皮肤，染着褐色的头发，身材高挑，年纪小文麒四岁，来韩国读本科的，名叫徐婉婷的湖北女生。她对文麒说，自己因为喜欢看韩剧，就选择了来韩国上学，随着一批志同道合者由中介操作登陆韩半岛，来了之后，发觉上当，先不论学校的现状与中介口中所描述的大相径庭，已经通过中介代办缴纳的学费，也没有在学校的账户中找到。而此时，那个国内的拥有合法营业执照的黑心中介已经不知人间蒸发至何处。好在她自己并无过失，拿出了汇款凭据，而中介又是学校自己委托的，最终由学校选择了哑巴吃黄连，事情不了了之。

文麒安慰徐婉婷，说既来之则安之，又用行动表明了道不同不相为谋，明显主动接近徐婉婷，一起上课，一起吃饭，一起泡图书馆，一起坐校车去市内买东西。一开始徐婉婷显得扭扭捏捏，他就顺其自然之，后来时间长了，也许徐婉婷也觉得，看来还是只有文麒可以交流，于是最终变成被他随叫随到，让文麒不至于阴阳失调。

对于文麒在这方面的表现，金承勋、关智渊、董轩泽、刘哲铭表示，睡了再说。文麒说，没敢想，何况徐同学那么漂亮，个子又比我高，一定看不上我。董轩泽说，这年头性别都无所谓了，个子算什么。文麒说，我看看情况。

来韩半年之后，文麒尚处在阴阳失调状态中的理由是，首先，觉得学生时期的爱情不确定性太强，他不想将有限的感情轻易挥洒。其次，当然，也和自己的吸引力有限，暂时没有遇到过特别出色，能符合他眼高手低意要求的对象有关。

到目前为止，通常有这样三种女生是文麒现在常常能够接触到的：一是韩国人，二是出生于韩国的华侨，三是和他一样，中国人的血统，又在中国出生、长大的“纯中国人”。

韩国女孩乌发如云、肌肤胜雪、袅袅婷婷，会打扮。她们性格开朗，睫毛上翘。尽管韩国已经是一个中等发达国家，人民的生活水平达到了世界前列，但她们的生活也依然淡定朴素，常常会在课余时间去打打工，贴补家用也好，自食其力也罢。作为当地的女孩，她们应该大都还是喜欢找一个能够在本地领导并保护自己的男生，而初来乍到、自身难保的外国人文麒除了可以教她们学中文之外，暂时是难以给她们提供充分的交往价值的。

华侨女孩性格中既有中国女孩的婉约爽朗，又有韩国女孩的温柔贤淑。她们既是拿着上边写有中国字样身份证的韩国人，也是出生、成长在韩国的中国人。她们中多数人精通中韩双语，但混血就不一定，中文程度的好坏和韩国人血液比例的多少成反比。华侨相对来说，和中国人更亲近一些，虽然因为从小的生活环境不同，华侨的气质和土生土长的中国人不太一样。但这样的女孩和韩国女生一样，也是他难以照顾的。

“纯中国”女孩，比如徐婉婷首当其冲的就是亲切二字，无论你来自中国的哪里，无论你是什么民族，只要是在光荣的革命烈士鲜血染红的旗帜下成长起来的一代，张口就会是唐宋元明清、长城、故宫、长江、黄河、清华、北大、李小龙、章子怡、郑渊洁、韩寒、郭敬明、周杰伦和娃娃头冰激凌。熟悉得让你想起红领巾、中高考、清贫但丝毫不乏浪漫的中

国校园里的中国式恋爱。可现在在韩国，她们要识时务者为俊杰，韩国的帅哥们比同胞来的新奇，来的高、富、帅，在韩国，找一个韩国男朋友的话，一、韩语问题解决了，天天腻着能不好吗？二、圈子解决了，男友一圈子人都是你的朋友，会亲切自然地，耳濡目染地教给你韩国的社会文化。三、在韩国的工作经验也会水到渠成地得到。文麒觉得她们要是想找中国男生在中国就可以了，为什么要大老远来韩国找中国男朋友呢？

因此，此时的他，自认作为一名漂在异国又条件普通的外国学生，还是暂时独善其身的好。

另外，他也觉得，这些问题，一定程度上和自己的经济状况也有关系，俗话说，有钱好办事，应当也包括婚恋之事。

有了钱，就有了便利的清洁设备，便不会脏；有了钱，便请得起德高望重，学富五车的老师，有了教养；有了钱，遇到什么困难，大可以轻松地找到一些当地的有力人士来解决，保护得了自己和爱人；有了钱，便可自由自在地活着，可以尽情地享受金钱能够带来的一切，至于那些带不来的，算作留给来世的意犹未尽。不管这是不是物欲横流、拜金主义，这是现实存在中的，甚至是很大的一部分。

当然，一切皆有可能，一切都可以改变，计划不如变化快，而文麒最爱做的也就是打破框架。他向来不认为自己是大多数中的一员，这次也不会例外，虽然不是很希望这么快就在国外有感情瓜葛，但阴阳和谐是一种科学的需要，这是没有任何办法的，心理和生理上的问题不论在任何时候都是需要首先解决的大事。

可一个月后，徐婉婷还是成了金承勋的女朋友。

10

话说徐婉婷和文麒两人天天腻着，但尽管如此，却不知为何，相互间均始终没有心动的感觉，因此，只以兄弟相称。而金承勋通过文麒频繁出现在徐婉婷的眼前，出于男生的本能，也喜欢和徐婉婷开开玩笑。他见文麒始终也没表现出什么，而就算表现出了，鉴于文麒和姑娘的关系，自己也有竞争的权利，就进一步行动了，开始有意无意地制造单独和徐婉婷在一起的机会，向她请教中文，自己则教她韩语，后来晚上偶尔发短信，白天伴随游海滨。

而当文麒渐渐发现徐婉婷不再陪伴在自己左右时，孤单与失落也是有的，虽然仍旧拿不准具体为何。

那段时间，二十三岁的文麒把头发留得长了一点，衣服虽然尚且干净，但也仿佛无所谓了什么款式搭配，恢复了冰河时期人对于衣服的要求，显得有点颓废，但他也由着惯性没有去改变，倒觉得那样会让自己找不到传说中的感觉。

就这样，第一学期快要结束。随着学习进度的逐步加深，文麒的同学们从国内带来的钱也快花光了，开始发愁明天的西北风去哪里喝，成了一盘散沙，军心涣散；徐婉婷和金承勋互相有了对方，忙了，天天下了课约会——文麒也就同时少了两条线，初来乍到的友情和若隐若无的爱情两丢失，有点落寞；初到异国的新奇已经消失殆尽，反观国内的同学，已经逐

步开始有了正式的工作，他们有的凭借家中关系找到了高校或者国企等稳定的工作，有的凭借自己的能力闯荡社会，也开始显现出一些成功的端倪，一家家自己开的新潮小店驻扎在了城市的繁华地段，一个个新兴项目开始在手中运筹帷幄。他们也开始了人生新旅程，并开始赚钱、亲情反哺，看到这些，反观尚在异国他乡从零开始的自己，文麒感到前方的路有点长，肩上的担子有点重，一种莫名其妙的无力感开始若隐若现。

“怎么了，哥们，让人煮了?”刘哲铭走过来，套用了一句很土的广告词，但采用了新的语气与腔调，倒也勉强创出新来，拍了下文麒的肩膀。“要不要去医院?”

“一会儿一起去。”文麒说。

“一起去医院找徐某某。”刘哲铭给了文麒一个表示理解的眼神。

“不至于。”文麒轻描淡写地说道。

“一切都会好的，寻道路上，需要忍耐。”刘哲铭言语中萌现出退意。

文麒从刘哲铭的语气中嗅出了佛的味儿，“谢谢刘哥指点。”不知出于什么，他精神抖擞道。

11

下了课，剃了个韩式秃鬓角短发的文麒和往常一样，走进图书馆，图书馆也和往常一样，门可罗雀，宛如无人区。无人区的一层有许多中文的资料，百家争鸣的中文教科书和厚厚的中韩、韩中词典交相辉映。这里是中华文化的地盘，也是汉语狂金承勋和韩语狂文麒时常出没的地方。

快期末了，无人区迎来了春天，利用率显著上升，重新变回了图书馆，一层的人也比往日要多，学生们此刻见到了熊猫一般的文麒，也比往日要显得更为激动。

而文麒也会被哪怕是转瞬即逝的积极向上所触动，会哪怕是自我欺骗似的去配合，尽管半年过去，他和这班心地纯洁的韩国学生还是相处出了距离感。

他们是单纯善良的，相互之间以兄弟姐妹相称，和文麒在一起的时候，会尽力地给他讲解一些韩国的人文风俗，并且一点一点地带着他融入韩国的校园生活。可善良中也会透出些许提防与一些说不出来的无奈和偶尔不经意间表现出来的，甚至是对文麒经济状况的怜悯——他们并不邀请文麒参加自己的例如集体出游等较为亲密的聚会，而平常相处时，也总会礼貌并友好地偶尔请文麒吃一些令他难以回请的美餐。

关智渊说，很正常，记得感恩。随后又有些偏激地说，另外，国外就这样，再怎么样，至少是初来乍到的你，都只是一个随时会消失的，不明

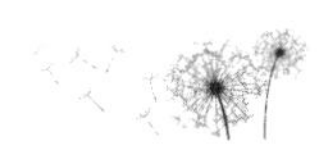

底细的外国人。用你，也只是一次性手套而已，何况你还是最便宜的那款。

文麒觉得，感恩自不必说，而关智渊这些偏激的言论，也并非全无道理，所描述的内容就算属实，也并非罪恶。

“文麒，好久不见。”一天，金承勋气宇轩昂地猛然出现。“我要去上海了，我在那里找到了工作。网上找的，先实习，再签约，你有上海朋友吗？最好是女的，但也不勉强。”他拒绝阴阳失调地说道。

在中文系里，已经学习了六年汉语的金承勋是个别能和韩语还不灵光的文麒完全交流的一个，正因为交流无碍，才没有感情的阻隔，所谓的距离感会小一些，所以韩国学生中只有他才能让文麒真正找到朋友的感觉。

文麒说：“没问题，我找找看，祝贺你。那徐婉婷呢？”

“克服距离障碍，继续相处。上海女友我只是开个玩笑。另外，我还有一个中文的家教学生，你愿意教他吗？”金承勋把“家教学生”这四个字说得铿锵有力，“学生家长要男老师。”

“我去。”穷得口袋里只剩俩硬币叮当乱响的文麒内心生怕机会转瞬即逝，但又不能显得无能得好像机会对自己来说，如同久旱逢甘雨一样，于是，表面上依然气定神闲地说。

班上的同学已经为经济压力所迫而纷纷下了海，其中一个拥有国家二级厨师证的哥们儿去了首尔，在一家中国料理店当了首席大厨，一个月韩币一百八十万。文麒觉得自己虽然不是来干大厨的，但鸟无食不亡，人无财不死，赚钱永远迫在眉睫，即使腰缠万贯、披金戴银也永远勉强糊口，况且文麒是真的已经穷失声了，激动之余，追加一句：“你走之后，徐婉婷就交给我了，你放心吧。”遂后悔言多必失，担心金承勋闻此言辞，怒而让家教计划不如变化快。

“行，没问题。”但金承勋平静地说。

“好，什么时候?”文麒也归于平静，毕竟自己在梦中也是一位伟人。

“三十年后，我们华山论剑。”

第二天，金承勋给文麒打了电话，告诉文麒家教安排为一周三次，一次一小时，一个月一万五韩币，约合一千多人民币。钱不在多，有前途就行。

这么一来，文麒有了在韩国的第一份非杀鸡取蛋的工作，能赚“零花”了，最重要的也是，有事儿干了，不积跬步，无以至千里，这毫无疑问是一份抛砖引玉的极好差事，假设他干得好，毫无疑问就会一传十，十传百，百传千，当上教授就是迟早之事。

12

一九七八年以后，中国的经济发展如脱壳金蝉一般，令人一日不见，刮目相看。高楼大厦从一个个曾经的小村庄拔地而起，四通八达的铁路公路网络遍布华夏大地。进入二十一世纪以后，这种势头愈发猛烈，二〇〇六年的世界，奥运会也快要在北京举办了。于是，在中韩建交以后的几年之后，韩流以超强力，如同真善美的龙卷风一般登陆中国的若干年之后，韩国本土也刮起了一股劲头十足的中国风。韩国的年轻人在政府的大力宣传与支持下，开始积极学习汉语，并且开始大量地选择了赴华留学，将自己只有一次的青春，挥洒在中国的广袤大地之上。而中国随着改革开放的日益深入，也涌现出了越来越多的，一批又一批的留学生，其中，也包括像文麒这样的赴韩学生。

加强交流是好事，可以互通有无、求同存异、实现国际区域共同进步。虽然文麒在这场激烈的交流或是交锋中，有时候像是刘姥姥进了大观园，受了歧视，却长了见识，展示了勇气，更重要的是，还有机会拯救巧姐。

韩国在一九八八年举办了汉城（今首尔）奥运会，办得相当成功，那时候，驰骋欧洲及韩国几十余载的“高丽亚那”组合的四位艺术家高唱《手拉手》的情景，文麒还记忆犹新。而随后的韩国也没有辜负全力支持着她的人民，开始了更加迅猛的发展，将“汉江奇迹”发展到了一个新高度。因此，他们深知奥运会对一个国家，尤其是发展中国家的意义。

虽然那时候，熟练掌握中文应用能力的重要性，在韩国依然不如英文和日语，招聘广告中，对中文能力的要求往往被排在二者之后，位居第三，但热潮席卷之势已经形成，各式各样的中国语培训机构，在韩国的各个大街小巷开始膨胀开来，中国语教师也成了越来越热门的职业。许多有远见的韩国家长们看好这个趋势，认为二十一世纪的经济重心在亚洲，亚洲的重心在中国，如今的世界将逐渐回归到中国的唐朝时代，东亚又将重现汉风东渐，于是，就让自己的孩子们在很小的时候开始接触中华文化，给孩子请中文家教，送孩子去中文培训班，或者干脆让孩子上当地的华侨学校，乃至带孩子去中国生活，在中国留学，以便更好地完成自我超越。文麒在中国的时候，就曾见过一个中国小孩表示自己是韩国人，只是中文说得比较好而已。

一个周六的下午，金承勋开车将文麒带到了他的那个学生家里。

这是文麒第一次来到韩国人的家：除了家具的款式和装修的风格和中国普通家庭略有不同外，客厅的沙发前多了一张中国家庭没有的矮桌子和几个坐垫，和日本人一样，韩国人也喜欢席地而坐。

对方是一个十四岁的小男孩，很瘦弱，头发有些发黄，目光有些呆滞，中学校①二年级学生，名叫朴正秀。

初见文麒，朴正秀在妈妈的介绍下，恭恭敬敬地向老师鞠了一躬，问候道："老师，您好！"

"你好，正秀，学过中文吗？"文麒用韩文问道。

"没有，老师，我一点儿都不会。"朴正秀比较呆滞，有些腼腆，用不太大的声音说道。

"那么，从基础开始吧。"文麒语气和蔼地说道。虽然万事开头难，最

---

① 韩式中文，意为初中。

基础的内容固然最简单，但难在入门引导。

“是，请多多关照。”朴正秀说完，又向文麒微微地鞠了一躬。

眼前的这个小孩子表现得很懂礼貌，于是，尽管初为人师，还万事开头难，文麒依然下了幼稚但纯真的决心，要教好面前的这个学生，要让他成为未来北京大学中文系的教授。

在教材的选取上，文麒挑选了一下学校图书馆里韩国的中文教材，在几经波折终于花落一家的同时，更为深刻地明白了为何外语的学习，需要直接到使用这门语言的国家去亲身体验，获得第一手材料——好一些的出版社及比较权威的专家所出版的中文教材尚且可以通过，一般的中文教材，所展示的个别对话内容和中国人的习惯表达方式还是有一些出入的。诸如“他说中文说得很好”此类的句子，细纠语法的话，并没有什么错误，可中国人却不是这样使用的。

精挑细选之后，考虑到一定得是标准中文教育，以及自己的韩国语尚且欠佳的客观事实，文麒看中了一本中文对话没有错误，且附有韩国语原文翻译的新版中国语教科书。

确定教材之后，他便开始了一周三次往返于学校和朴正秀家中的生活。生活比起以前充实也更丰富了一些。人一忙碌，即便未必是做着喜欢的事情，烦恼也开始逐渐斑驳开来。

看得出来朴正秀是个好学生，每次留下的作业都被他做得工工整整，让文麒想起了自己的童年。童年的自己又何尝不是如此，老师的安排布置犹如圣旨，作业完成与否是课余生活中的头等大事。另外，那时候是多么容易获得快乐和满足，读到一本新出的日本漫画书，就乐不思蜀。

文麒也看得出来，小小的他的生活也很辛苦，学习的间隙，乃至在自己的课堂上，上下眼皮仿佛粘连着，怎么也无法打开，常常忍不住想要倒下，又像个不倒翁似地弹回来。

纵使是这样疲倦的小正秀，每次下了文麒的课后，还要去一个英语培训班补英语，让文麒深切地感受到，中韩两国的中学生是一样的辛苦，竞争社会，每一个人从牙牙学语起，就要背起一个小十字架，开始尽自己最大的可能去占有有限的生存资源。文麒觉得有些沉重，但也只能叹息。

13

天气渐渐冷了，冷便冷吧，文麒对气候的变化并不那么敏感。现代韩国社会经济发达，保暖设施完备，这里没有秋裤，只有秋 Cool①。不过，他总还是喜欢冬天的，因为寒冷的空气会将人们驱赶在一起，围坐在火炉旁，可以因此而其乐融融。

韩国的冬天与文麒的家乡西安不同，这里会有鹅毛般的大雪，晶莹的雪花漫天飞舞，像美丽的玉色蝴蝶，似舞如醉；像吹落的蒲公英，似飘如飞。而西安的雪——西安几乎都不再下雪了。

学校放了寒假，成绩也出来了，老师给了文麒全 A+。虽然只是初级班的顶级水平，好像国家队教练眼中的西安市碑林区街坊邻居杯赛的冠军，但第一学期的韩语课程也算圆满结束。而课程虽然结束，韩语学习的需要依然如初，并贯穿于韩国生活的每一个瞬间。

文麒乐于助人，也深知只身一人在他乡讨生活的不易，于是，他常常会为了让小朴更好地理解消化所学内容，适当地延长一些课堂时间，平时也会偶尔带些自己做的例如茶叶蛋之类的中式小吃给小朴品尝，于是，将他的表现看在眼里，记在心头的小朴妈妈，在文麒到来的第二个月快要结束的时候，又介绍了自己的朋友给文麒，让他拥有了第二、三份家教。

---

① 英文，意为酷。

天天乐此不疲早出晚归，往返于三个不同授课地点的文麒因此变得“富裕”了，原本“谈买色变”的他如今在工作结束之后，会来瓶小饮料，打一会儿韩国的街机，玩玩“铁拳三”。他每次都会选择李小龙的化身——洛，去击败生活中的各位纸老虎。

“富裕”之后的第一个月底，文麒在一家小饭店“宴请”了董轩泽、刘哲铭、关智渊。吃饭不是目的，重要的是大家能够聚在一起，交流各自对生活的体验。

董轩泽一直保持着活动性强，大无畏，业精于勤的光辉形象，极受中韩同学及教授的欢迎，最近，学业之余，正在筹备一个留学中介项目，召集了一帮小兄弟前呼后拥，董哥鞍前马后。刘哲铭课余一直在泡妞，最近颇有成效，女娃已经心甘情愿伴其左右，形影不离了。正在计划搬出宿舍，和她同居。同时，和文麒一样热爱文学的他，最近也开始了一部小说的创作。关智渊热衷于在网上冒充港台地区的人来“招摇撞骗”“蛊惑”国内户籍在北京或上海的美貌少女。同时，为了毕业之后能顺利地去日本读博，一直在课余学习《标准日本语》，并通过观看日本电影而进一步了解其文化，偶尔还去和学校里凤毛麟角的日本留学生一起抽抽烟、喝喝咖啡。

而学好韩文，申请一所排名靠前的研究生院，找一份自己喜欢的工作，让家人和自己的生活多一些快乐，是文麒目前一切活动的主旋律。他在为这些目标而努力，每天的忙碌让他少了杂念，变得纯粹起来。

14

生活的间隙，文麒偶尔会见到徐婉婷和金承勋在一起，他们牵着手漫步校园的情景让他觉得有些孤单，也让他想起昔日自己在中国的前女友，不知道她现在生活得如何，会不会偶尔也想念自己。

董轩泽凭借自己一口流利的英文和大无畏的生活态度，征服了位于首尔的五所名校的研究室，申请到了首尔高校的研究生。在送别董轩泽的宴席上，文麒喝得有一点醉。他飘飘忽忽地回到宿舍，打开刘哲铭的电脑，登录自己的QQ，空间内以前的一些留言映入眼帘：

难道……我不愿意和你一起，哪怕无所事事，只要你在我身边？

我不希望最终的美好只残存于一人的心里，昔日两个人的世界彻底支离。

如果未来会是这样。

我会在一开始选择忘记。

遗忘虽然很恐怖，但她有时至少不会使我继续受伤。

过去的一些句子，算是纪念吧。那时候文麒不是一个人，他们也都更年轻。

言归正传。

几个月来，文麒在这里耳闻目睹了许多：语言班同学的“凋零”，刘哲铭的119，董轩泽的首尔计划和关智的日本蓝图。还好自己目前的状态尚可，只觉得这里的许多事物和中国不同，这异国他乡的所有，让自己史无前例地充分开阔了眼界。

15

文麒的专业是中文——汉语言 + 文学。高考过后，他先不论学校，相当轻巧地就在志愿表上填写了汉语言文学专业。原因有二：第一，家族传统，父亲的一屋子中外名著为他准备着；第二，那时候的他比现在还要幼稚，只要喜欢，他就觉得这个世界可以很超脱。

毕业了，依然年轻的他又来到韩国，打算当一名教师——对外汉语教师，继承家族衣钵，并且青出于蓝而胜于蓝。

文麒的外公是教授，父母也是，自己上了小二十年学不说，从降生一个月起，便住在位于大学校内家属院的家里，在学校加小区大院里双重浓重的教育氛围中成长起来之后，对学高、身正的人可谓审美有些疲劳。况且，他们的老婆不如社会上那些老板的漂亮，她们的老公也不如老板富足。但长大以后，铁的现实就坚定地摆在眼前：首先，这个成长环境成了他击败其他教育界竞争对手的有力砝码，其次，考虑到自己的实力及类型，比起当企业员工，或是公司职员来讲，大学讲师无疑是更好的选择。第三，如果能在韩国的大学中任职，至少是理论上，一年当中便可有几个月的时间可以在中国生活，回到父母身边，尽尽孝，自己也避免了会在一个地方呆腻的结果，可以异地思之，取各地之精华，茂宇宙之繁盛。至于老婆漂不漂亮，那都是些“肤浅”的审美标准。当然，就算自己决心继承祖辈衣钵去当老师，这所有的所有目前也还尚在构想中。

一天晚上，读书、写作了一整天的文麒，入乡随俗地买回一瓶烧酒。他觉得“外来的和尚会念经”是有一定正面含义的，因为许多问题当局者迷，旁观者清。所以，他想试试用这当地的酒精，来麻痹一下自在中国的时候开始，就残存在灵魂中的一点点无奈。

刘哲铭和关智渊如往常一样坐在电脑前不亦乐乎，他们在玩儿魔兽。生活就是如此，一个时期有一个时期的生活方式，在那个因为金钱匮乏和智商相对低下而寂寞、贫穷的时代，网络中以网游为代表的一些代理满足，对一部分游戏迷来说，的确是一种暂时的、麻痹性的解脱。当然，对他们来说是解脱，对游戏专业的关智渊来说，也是一种钻研。

从经济状况角度出发，尚未购置电脑的文麒只能躺在床上，独斟独饮小绿瓶的二锅头兑水，属于他的唯一数码产品只是一部令人束手束脚的白色翻盖手机。

相较之下，他两位舍友的经济状况好出了许多。

刘哲铭的父母是中国一家大银行的高管，在来韩国之前，游历过欧洲数国，曾经是德国汉堡工大的学生，大一刚结束的时候，因为种种原因，作为插班生来到韩国。还有一个亲哥在日本，上的是高投入高产出的贵族学校，一年的学费要八十万人民币。

关智渊的父亲是国内一家中型企业的老总，这让他能交得起韩国女友不说，他的日本计划也不是随随便便讲的，那是随时便可以转化为现实的。

“刚从德国来韩国的时候，感觉韩国实在便宜。”刘哲铭有时这么说，“刚来时候想自己住公寓，附近没有合适的才搬来宿舍。”

“我经济状况一般，只是正常生活。你刚来不知道，这里很多中国学生都开跑车上学的。”关智渊一边说，一边默默地使用自己的戴尔外星人，

查看日本学校的专业设置和项目设施。

贫穷是相对的。

因为囊中羞涩，住在学生宿舍的文麒不得不频繁使用楼里的公用微波炉自己做饭，煮一包方便面要走一个来回共五十米不说，大多数时候，甚至还需要从最基本的食材做起；因为囊中羞涩，他不能常和富有的中韩同学一起喝酒玩耍，为一晚欢愉，赔掉一周宽裕；因为囊中羞涩，他必须越来越急切地关注假期打工的问题，搜罗各式招聘启事，打通所有脉络关节。

未来因未知而充满恐惧，也因此而充满希望。

不知不觉间文麒喝得多了一点，意识有点模糊，微微有些醉意，但还不困，便穿上衣服，走下楼梯。庆州冬天的月色，素而淡，虚而实，泻着圣洁与冷峻，又给人一种柔柔的温情，一种悠悠的思绪。让他想到李白的诗：

花间一壶酒，独酌无相亲；
举杯邀明月，对影成三人。
月既不解饮，影徒随我身；
暂伴月将影，行乐须及春。

月色伴着清冷的空气，干净，却清冷的空气。孑孓一身的他的眼前是异国他乡的夜。

文麒慢慢地回到宿舍楼，进了位于一层的休息室，休息室里有一个五十寸的背投彩电，不但看得到中央四，还看得到韩国合法的成人频道。他打开背投，没有和以往一样，收看在国内从未见过的成人频道，而是调到中央四，欣赏了一下内秀的主持人那不太漂亮的脸庞。过了一会儿，意识愈加模糊，便顺势躺在休息室的沙发上小栖片刻。半梦半醒之间，主持人若隐若现的声音让自己产生了一种回到中国的幻觉，可当他意识渐渐恢复清晰的时候，又看到了窗户上也日渐清晰的韩字，一种前所未有的失落感不禁油然涌上碎了的心头。

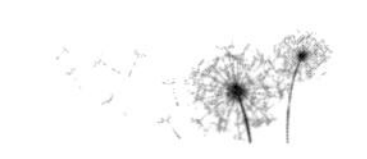

16

国内中文系毕业的文麒很喜欢写作，运用语言文字符号，反映客观事物，表达自己的思想感情，也传递一些知识信息，希望能为后来者提供一点参考，然后，既然喜欢又写了，那当然也要成为一名作家。

一般来说，美术学院的学生都会画画，因为入学时候都要加考美术，且几乎是以美术水平为准来录取。中文系的学生就不一定都会写文章，这里的学生多为“全才”，许多人之所以能读中文系是因为数学英语好。且中文专业的全称是汉语言文学，有的学生偏重汉语言，他们是思维缜密的研究型人才；有的学生偏重文学，脑袋里充满胡思乱想。文麒属于后者，是个小疯子。对他而言，文章总是自己最后的武器，是自己作为一名真正的斗士的最后的撒手锏。

他的人生最高理想永远是做自己喜欢的事情，做一个小说家，陈忠实、村上春树级别的，像他们那样，无须朝九晚五，却依然自由自在，受人尊重。顺便，能够让自己和家人至少能尽情地去享受买得到的幸福。

17

四月，春天的韩国，文麒位于一座小山的半山腰的学校校园中的金达莱花盛开，放眼望去，是一片片小小的郁郁葱葱，山花烂漫。

美不胜收的浅紫红色花朵只在春天开放一个月左右，让文麒有一种尽管有些转瞬即逝，但至少拥有过，未来也将继续美好回来的感觉。

时间就是会过得如此之快，转眼间，文麒快要结束韩国语的课程，需要开始寻找新的归宿。一起“上课”的同学，有的插班编入本科若干年级，有的刚刚开始自己的大学生涯，再者则另有心仪，分别便是千差万别。他们依然如故很少上课，文麒愿意相信，这是他们的不得已而为之，人生在世，各安天命足矣。而大家毕竟有缘聚于此地，尽管天下无不散之宴席。

关智渊研二了，刘哲铭升入大四，他们还要在继续留守至少一年。小疯子文麒这一年给他们添了不少乱七八糟的麻烦，自己却始终没有真正给他们帮过什么忙，而现在又将要离去。

文麒最终还是选择了离开，当然，是带着感恩之心的。虽说关刘二位前辈和他尽在不言中的哥们董轩泽的风格是君子施恩不图报，但他要滴水之恩，涌泉相报。不在当下，也在未来。

五月，韩国近两百多所高校的招生办也随着春天的脚步，变得更加生

气勃勃，充满活力起来。韩国高等教育的主旨，是为了韩国与世界的未来，在这一点的执行上，一流的大学可信度较高，而对于某些末流高校来讲，学生仅仅像是购买公司产品的消费者，所以，对于泥菩萨过江的他们而言，年轻人的银子就显得更为重要，有时，甚至重要到超越了教育的初衷。

学校四处可见漫天飞舞、制作精良的招生简章。良莠不齐，却都宣称“世界第一”。文麒愿意相信他们都有一颗争第一的心。

韩国的一流大学很多都集中在他们的首都首尔，而以文麒的经济能力，在消费水平堪比日本的首尔生活是很难的。不仅学费要贵出韩国其他地区的三成甚至五成，房价也是高得吓人。大学宿舍价格听说倒是相对较为便宜，但遗憾的是，那是带有奖励性质的，只允许入住成绩相对较好的学生，入住的概率仅仅是三成不到。所以大部分学生都不得不选择在校外租房，而校外租房一般都选择最为便宜的“考试院”。而所谓考试院，就是为学生在考前冲刺时所提供的居住场所，有天降将大任于苦行僧味道的那种。据说其中最便宜的，不夸张地讲，只有一个床位，有一个小电视，悬挂在空中。这样的房子，一个月需要一千五百元人民币，在文麒的故乡能租到家具齐全的两室一厅。

经济基础决定上层建筑，于是，他决定将自己的目标锁定在韩国第二大城市釜山——也就是他初见韩国的地方，朝鲜半岛最大的贸易港口，韩国最为靠近日本的地方。于是由于地缘，与日本交流很密切，日资企业和日本人很多，对中文人才的需求量不如首都国，但它是文麒的经济能力可以承受的最为理想的地区。

考虑到赢所需的要素之一——贝的储量不多，他用有限的报名费，按梯队顺序，只选报了三所大学，两所釜山的国立大学和一所私立的外语类专门院校——外国人的人以群分。而没有像具备大量此要素的其他部分中国学生一样，为了提高成功概率，一口气去报十几所位于韩国各地的各档次各类型的高校。

申请过程如中国男足亚洲杯小组出线般险象环生，找学校、看招生简章、准备材料。最后填写申请表时，还觉得签名不够漂亮，担心会不会影响印象分。这样一路披荆斩棘，终于将材料递交完毕之后，便是准备及等待参加面试。

两所国立收到材料之后，表示不用面试，直接等待录取结果。

私立的面试官是一高一矮、一胖一瘦两老头儿，他们是该校中文系里德高望重的两位教授。他们用韩文问了文麒的入学动机及未来展望，还有特长等，落入汹涌的俗套，也让他得以用事先准备好的韩文基本对答如流。

二十天后，被国立接连击毙两次的文麒绝处逢生一般，在私立学校网站公布的录取名单里，找到了自己的韩文名。

18

七月，结束了在S大学语言课程的文麒，暂别了几位兄弟，只身一人来到了釜山。

这里多了地铁，商业街也更加繁华，偶尔见得到日本来的太太旅游团，在这里成群结队地购买化妆品。他觉得相较于古香古色的庆州，这里的特点是更开放一些。

这会儿，他躺在新家的床上憧憬着在釜山的新生活。新房子是来釜山面试时候顺道找好的，面积不大，但还算安静，现在被他收拾得又一尘不染，充满了美好的生活气息。

现在是一个研究生了，尽管身份转变的那一刻很平淡，但转变之后，迎来的将是质变了的新生活。文麒明白，自己如今又登上了一个新的平台，而需要保持的，始终是作为一个学子谦虚谨慎的态度和勤勉不息的实际行动。

每天都会是美好的一天，纵使前方定会出现新的艰难险阻，文麒也相信自己，可以在这个新的城市，闯出一个闪闪发光的明天。

至此，距离开学，还有两个月的时间。

19

这天，文麒看了一下余额，不禁油然而生一种被釜底抽薪的感觉，没钱了，得往中国打电话。可他又觉得自己也是二十三岁的人了，虽然依然是学生，还可以堂而皇之、理直气壮地的向家里要钱，可他父母已经年逾花甲，如果他现在继续在经济上依赖父母，虽不能算是不孝，但给造成父母一时的经济困难总是不可避免的。于是，便计划自己在这边想点办法，哪怕是暂时地缓解一下燃眉之急。

于是他开始第一次在异国的大街小巷满地找工作了，这让他体验到了一个半聋半哑半文盲的人，即便是找一个服务生的工作都是多么的困难。各种各样老板的面孔，各种各样直接或间接地拒绝，各式各样的失望甚至绝望感在打击着疲惫的文麒。后来，在他再一次地鼓起勇气，挨家挨户询问了几十家各式的饭店、练歌房①、网吧、酒吧、台球厅、甚至理发店、服装店之后，在他练熟了自我介绍与开场白的韩国语之后，他在住所附近的一家小吃店里，找了份传菜员的工作。

这是一家韩国的小吃店，卖些日式的五香魔芋串儿②和天妇罗③之类的

---

① 韩式中文，意为 KTV。

② 将一些食材（肉、海鲜、鱼肉等）弄成浆与面粉混合成型，再油炸制成的食物，多用于关东煮，日式料理的一种，源自葡萄牙。

③ 日式料理中的一种用面粉、鸡蛋与水和成浆，将新鲜的鱼虾和时令蔬菜裹上浆放入油锅，炸成黄色的油炸食品，源自葡萄牙。

精致小店。他的任务很简单，跑堂、洗碗加上算账之类的杂活。老板个子不高，眼睛不大，戴个瓜皮帽，听到仿佛患有严重韩语口吃的文麒说来自中国，老板大度地说，试试吧，我是基督徒，以前去过香港，知道身为外国人的不易。但是，工资不多。于是，他开始每天围着一件棕黄色格子底纹上边绣着三只可爱小熊的吊带围裙，在狭窄的前厅内跑来跑去。时薪三千韩币，约合十八元人民币，一天四小时。这样一来，他的经济问题暂时得到缓解。文麒比韩国人更卖力，因为他明白，老板给了仅仅是粗通韩语的自己和韩国人一样的工资，那么他便要付出比韩国人更多的汗水来报答。

体格并不健壮的他承担了店里的一切重活，不过也只能是他，剩下的服务员，不是大婶就是女生，做重活是男人的风度。

另外，工作的时候，他会暂时忘记许多事情。尽管辛苦了些，但是至少暂时地，没空去搭理所谓的忧愁。

偶尔发呆的时候，他会给董轩泽、刘哲铭和关智渊打打电话，询问询问朋友的近况，也汇报汇报自己的近况，看看有没有可以互通有无之处。也依然会想起国内的前女友，不知她是否安好，是否也偶尔会想起自己。

现在的文麒，独自一人在陌生的异国的釜山。初来乍到，独来独往的生活是寂寞的，但这并不妨碍文麒前进。没有任何力量，能阻止任何人前进。

他一直没钱买电脑，随着生活的惯性一直飘，倒是捡了一台，文科出身的文麒克服困难，修理修理，组装组装，拉了网线，便终于又回到了现代社会。

一个人的海外生活是寂寞的，尤其在万籁俱寂的夜晚，他会想念西安，想念家乡带给自己的那份安全感，想念那些熟悉的美食，想念父母，现在没有父母在身边出谋划策，凡事都必须依靠自己；也想念前女友，当时的分手是出于不够爱，而不是不爱，他想离开，而她认为时机未到。最后，文麒是强迫着自己与她说好和平分别。而哪里有压迫，哪里就有反抗，于是前女友的样子就始终还偶尔在他的脑海中忽隐忽现，又无法真正捕捉得到，让文麒想要患上失忆症。

前女友的头像始终是黑白的。“你也不说干脆拉黑我。”文麒有时候想要留言说些什么，却又觉得不知该从何谈起而终究罢手。想法每到此处，就像被堵住的车水马龙一般，满满的前方被一下子扼住，是完美主义或残存在记忆中的失意还在作祟也罢。

算了，糊涂一点，对自己说声无所谓，再补充一句，没有任何事情比自己的前程还重要。而眼前的前程意味着基础需求的满足，根据马斯洛的需求层次理论，人只有首先满足第一及第二层次的需求，即生理需要和安全需要，才有精力和能力去考虑更高层次的情感归属、尊重等需要。他现在只想，也只能先去解决自己的基本生存问题。

这样的生活，说起来很简单，仿佛遥遥无期地亲身去经历的话，需要一些耐心。

偶尔买瓶啤酒来喝，无所谓什么伤感或者快乐，只是平淡。

嗯……是平淡的伤感吧！

不知道从什么时候开始，习惯了沉默与悲哀

偶尔独斟独饮，酩酊之时慢慢坐下

期望心中的所有苦闷伴随着酒精在体内逐渐散去

还以为自己已经失去用文字倾诉的能力和心情

原来，只是因为并没有再遇到过真正的阻碍

文麒有时会在自己的空间里写下这样的文字。尽管只是一些琐碎的情感载体，可它是真实的。也许不够阳光，也许不够励志，但够真实。尽管他保持乐观向上，可是，在命运对每个人的选择面前，偶尔，他会有些失落。毕竟，现在身处韩国的他，没有出众的外貌、帅气的衣服、时髦的发型、车、时间和女朋友。比起周遭偶尔直接生在终点的同龄人，他几乎是全方位、远远地输在起跑线。

文麒所居住的地方比邻釜山的红灯区，每天上下班的路上，他都要经过此地。绚丽的霓虹、妖艳的各色美女与在他眼中尚且模糊的所谓纸醉金迷让他不知为何感受得到一股深深的悲哀与似是而非的罪恶，这就是所谓的情色世界。

他尚未十分了解情色产业，只是道听途说以及说风就是雨一般地接受过自学性质的网络及影视教育，同时，读过旅日作家李小牧的《歌舞伎町案内人》。

第一次接受影视教育是在小学六年级的时候，花了积攒的零花钱七块，在同学家看了一部日本三级片，印象极深，是田中登[①]的《感官世界》，剧中演员尺度大到令他咋舌，给他留下了极其深刻的印象，颠覆了他幼小、尚未成型的价值观。

《歌舞伎町案内人》这本书让文麒更加透彻地，尽管依然是间接地了解到了这个纵观人类历史长河之悠悠，比医生还要稳定的职业。

书中讲述了一个中国人在世界最为繁华的城市之一的日本首都东京一个繁华地段——东京都歌舞伎町（歌舞一条街）生存的经历以及周围形形色色的人的生存状态。在那里，有黑社会，有警察，有失足妇女，也有拉

① 日本导演，“罗曼情色电影”的代表人物。

皮条的，这些元素构成了这个甚至是全球欲望与金钱最为充盈的街道。

让人无法相信的是，在这个时代，在日本这个号称民主和尊重人权的发达国家，竟公然存在着各路黑社会帮派主宰下的、严格划分了势力范围的情色王国。他们引诱、拐骗和胁迫来自各国的年轻女性充作性奴，时刻准备扩大自己的地盘，并高度戒备被其他团伙吞并，必要时不惜大打出手、互相残杀。①

什么是人性，词典里给出的解释是：在一定社会制度和一定历史条件下形成的人的本性。二十三岁的文麒对人性的理解是，人是无所不为的，有善良的一面，也有残忍的一面。东方的儒家学说认为：人之初，性本善；大学之道，在明明德。西方的基督教认为：人性本恶，人生而有原罪。这个题目太大了，他还驾驭不了。只有一点需要坚持，那便是不论自愿与否，行或者不行，总要去面对，这就是生活，这便是文麒眼前欣欣向荣、生机盎然的周遭。

① 摘自《歌舞伎町的案内人》，作者：李小牧。

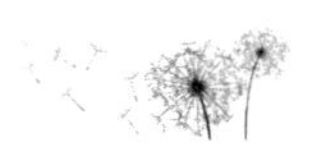

20

“与其说是生活改变了我，让我的内心不再单纯，不再英俊，看不到了往日青春年代的原本面貌，不如说是在必然的基础上改变了这些的是自己。”一天下午，文麒的脑袋里冒出这么一句话。

下班了，外边还在下雨。

这天的风出奇的大，文麒从门口一出来，刚刚撑开雨伞，伞就被一阵大风给刮走，没了。他抬头望望天空，天上的云朵呈漩涡状急速流走。

过了一会儿，天上的云朵被风吹得连成了一片，好像世界末日来临一般，伴随着时有时无的闪电像河水一般湍流不息。路上行走着的人们与地面形成的角度不再是九十度，而是在五十五度与七十度之间摇摆。文麒猛然看见一张椅子从身边飞了过去，仔细一看，原来是一个上边绘有椅子图案的塑料袋。

文麒在想以后遇到台风出门是不是要沿路扒住墙拐角，如果没有墙拐角是不是要抱住个胖子，或者兜里面揣两个砖头——揣俩铅球也可以，但是没钱买，否则人也没有了。

身处半岛国家，台风是要习惯的。

这时候，他的“手雷”响了，七十度的文麒掏出“手雷”，看到来电显示为刘哲铭。

“喂——刘哥——最近——怎么样——有什——么事情吗——”文麒

拉长的声音夹杂着呼啸而过的风雨声通过电波，断断续续地传递到刘哲铭那边。

“还行，我明天去你那里。”没有台风袭击的刘哲铭在那边心安理得并平静地说。

刘哲铭在文麒离开庆州之后终于找到个女朋友，是在某交友网站认识的，当时刘哲铭撒网无数，但收获甚微，唯有她对刘哲铭发起聊天话题显示出超越所有人的相当的配合，甚至于从中国奔刘哲铭而来，让刘哲铭神采奕奕。

“好——随时过来！我给你——我的——总统级别的待遇！”文麒再次拉长断断续续的声音道。

第二天刘哲铭风雨无阻地背着一个双肩包风尘仆仆地赶来，头发乱糟糟，胡子拉碴，眼皮耷拉，精神萎靡，说要在文麒这里住几天。

“你怎么了，哥们儿?”文麒觉得刘哲铭气色欠佳，面色苍白。

“女朋友变心了。”刘哲铭面色凝重，但轻描淡写地说。

21

话说女友从来韩国的第二周开始，就和刘哲铭住在了一起。现在想来，幸福来得有点快。二人世界是美妙的，也是旁人难以想象的。女友和刘哲铭一样，也是东北人，之前也在韩国生活过，讲得一口流利韩语，生存能力倒也很强。可是凡事都是双刃剑，老乡见老乡，偶尔背后开一枪，在度过了一个多月的磨合期和稳定期后，女友找到了工作，也帮刘哲铭找到了工作。虽是不稳定又艰辛的体力活儿，但刘哲铭觉得二人有了奔头。可惜好景不长，女友渐渐地凭借自己流利的韩语和超高的情商，也就是能使用网络网住网友刘哲铭进而改变生活轨迹的这种层次的情商，一步一个脚印地通过工作甚至是刘哲铭的介绍又认识了许多别的中韩男性。一开始刘哲铭没怎么在意，执意认为自己给了女友改变命运的机会，自己对她付出了最真诚的爱，她是不会背叛他的，她跟别的男性朋友打交道，也有一半是为了他刘哲铭。而这样的判断仅仅维持了两个月便宣告失误，有一次，上班上到一半儿的刘哲铭回去取忘在家里的手机，尚未敲门，却听到了龌龊的声音。刘哲铭伤心地选择了破门而入，发现了他的女朋友和一个只穿着内裤的男人。

“怎么会这样。”结束了一天艰辛劳动的文麒晚上回来，洗了个只有劳动人民才能享受得到的久旱逢甘雨一般舒爽的澡，关了灯，和刘哲铭一起躺在地铺上，秉烛夜谈。

二十七岁的刘哲铭最早的女朋友在最后时刻与绝望的刘哲铭分手，嫁给了别人，却又在一年之后离了婚。两人都没有成功，也回不到原点，过去的努力均以失败告终了。这种惨烈之事文麒还没有经历过，只觉得这世上不但伤心的不止自己一个，比自己更加惨痛的也大有人在，而更悲烈的事情也许在不久的将来也会发生在自己身上。想都不敢想啊。这时候的文麒，幼稚地认为三五年就是一生一世。

“不知道，她变了，我成了冤大头。”自己也还不过是个靠爹妈养活的弱学生的刘哲铭接他女朋友来韩国，找房子、学校、工作、介绍朋友、嘘寒问暖，尽最大努力呵护了她。

“那现在怎么样，分手了?”

“不知道。”

刘哲铭对这个女孩子倾注了现有的全部，甚至不惜重色轻友——关智渊曾说过，有次自己千年难遇莫名焦躁，“处心积虑”邀请有了女友后搬出宿舍的刘哲铭过来喝酒，但被刘哲铭以要给女友做饭为由断然拒绝。

“你们还联系吗?”

“还联系。”

“她和那男的呢?”

“不知道。”

“哎。”文麒感同身受：“去不去医院?”

“我没钱。”刘哲铭在一个月的时间里为这个女人花去了二百万韩币，弹尽粮绝。

“感情不是镜子，不是说你给她多少她就能还给你多少。”文麒懵懂地说，“哥，你现在纯粹就是一只落汤鸡。算了，认栽，当交学费了。我这儿有五十万韩币，你先用着。”

“还不至于。”刘哲铭感激地看了文麒一眼，随后将目光转向别处。

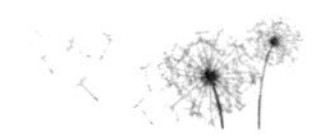

“那你和她——?”文麒心平气和地问。

“有过无数次，我们在家不穿衣服，有次连住三天三夜。这和嫖妓有啥区别?”刘哲铭徐徐道来。

“那还行，你想嫖娼这么多次得多少钱，哥最多就当嫖了。何况毕竟不是嫖，而是婚前的实战演习。”文麒说。

“我还不如嫖妓，人家拿了钱起码还保证提供等价服务，不会让我难过!”刘哲铭义愤填膺。

“不让你难过，也不可能嫁给你嘛。想开点，生活的内容除了这些，需要关注的东西还有很多。”文麒说。

“这会儿悲伤劲儿太足，让我不堪重负。”刘哲铭沮丧地说道，“再说她还借了我一百万韩币没还，我是人财两空。”

“那就想办法先把钱拿回来再说。事已至此，不以物喜，不以己悲。出去走一走吧。”文麒拉起刘哲铭。

两个来自异国的年轻人，穿着便装，踩着运动鞋，漫步在傍晚釜山的街道上，欣赏着这里精致而又别具特色的街景，若有所思，却又终究没有什么明确的结果冒得出来，不知道前方究竟在哪里，在哪里又如何。

一路上，文麒几次试图使用夸张的修辞手法转移刘哲铭的视线，化解刘哲铭的悲伤，从学业到事业，从时下到未来，从不合时宜的爱情到自己相对擅长的文学，尽管是底气十足地唇红齿白，但客观上讲，解铃还须系铃人。所以，刘哲铭木人一般基本默不作声，时而“嗯”一下给个面子。路边一阵少女时代新单曲的旋律传来，便猛地敏感起来：“这首歌她喜欢听。”

这时，一片灯火辉煌、热闹非凡的街区呈现在眼前，广告牌上，是一些年轻女性的搔首弄姿。

“只顾着说话，没注意走到了红灯区。”文麒平静地说。

“既然到了，进去走走吧。”刘哲铭说。

不管承认与否，红灯区是一个对于男人来说很有趣的地方，这里永远引男人注目。

文麒此时所说的红灯区是广义的，这里有各式各样的成人练歌房、成人按摩店等，最后，还有一些成人橱窗。街口店前西装革履、光彩照人的韩国哥们明目张胆、温文尔雅地向文麒和刘哲铭递着名片，堆着笑脸，五光十色的霓虹灯下是各种耀眼的暴露装女人的大幅照片。她们实在诱人，但价格不菲。最后映入眼帘的一排橱窗里，或坐或站着一些有浓妆艳抹，举手投足间充满暧昧的女孩儿，看到文麒二人便踊跃招手，称二人为哥哥，承诺会免费追加优质服务。但他俩欣赏归欣赏，并无真心堕落，因此到底还是只将她们视作了风景。

熬吧。刘哲铭坚定地说，随后递给文麒一支中南海，自己也叼上一支，点燃，过了一会儿，一股长长的烟雾从他和文麒的嘴里喷射出来。

文麒没有烟瘾，其实只是装装样子。但此刻还能做什么呢？心中有愤懑，梦想不知能否成真。而他的信念最后还算坚定，明白了胡思乱想终归是无用的，理智一点，轻松一点，给自己一点自信和时间，该来的一定会来。虽然他现在只能和刘哲铭蜗居在一起，等待着自己发出的那无数封简历中于未来的，奇迹一般的回复。

烟尽了，他们来到一家中华料理店，要了一些羊肉串儿，刘哲铭点了一打青岛。

“哥，不能这样。”文麒说。

“你喝不了？”刘哲铭说。

“我们没钱。”文麒肯定地说。

“我有。”

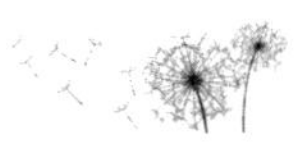

“那我舍命陪刘哥。”

席间，刘哲铭跟文麒讲了许多自己的过往，说那时候的自己，比现在活泼有朝气。最后，有些伤感地总结道，人生就是混一场江湖，然后闭幕。听他这么说，文麒感到自己也萌生出些许懵懂的认同，觉得生活也许只是一锅粥，熬啊，熬啊，偶尔起个泡。

酒过三巡，文麒搀扶着已经有些烂醉如泥，身体如一麻袋土豆般沉重的刘哲铭，回到了自己的小屋，其间，刘哲铭不顾文麒的一再劝阻，坚持向尚偶有行人过往的路边电线杆儿的根部放了水，并在尚未结束之前脚跟发软仰面倒地，导致文麒的面前出现了一道由上至下的水的弧线。

文麒垂头丧气地摇摇头，说：“哥们，你让我说你什么好。”

22

解铃还须系铃人，怨有头债有主，文麒说什么都是没有用的。

女孩子的变心，就像刘哲铭依然对她着迷一样，别说十头牛了，几亿台重型拖拉机也拉不回来啊，就像是一个去意已决的秤砣一样沉向海底。这件事情除非刘哲铭自己醍醐灌顶掉头转向，否则就只有也像秤砣一般陷入颓废感觉世界的海洋。

不过刘哲铭说掉头之前，还有些事情要做。

“刘哥，你不能这样。”文麒盘腿坐在刘哲铭身边，说道。

“不行，这种混蛋，不能轻易饶了她。”刘哲铭的语气毅然决然。

“别太用力了，哥。”文麒想起当年的刘哲铭，说，“男人嘛，有与生俱来的善于闯荡社会的优势，有海洋一般广阔的胸襟。这么点小事都拿不住，以后还怎么担当重任。”

“海洋一样的胸襟是给善良的女孩准备的，要看对谁，老子要替天行道，为民除害。”刘哲铭说着，然后抓起文麒的水果刀，猛地扎向地面。

文麒目睹此景，遂一心二用地一边担心自己的水果刀尖和房东的地板，一边心不在焉但语气依然坚定地问：“那哥有什么计划，我们如何实施?”

“想一想。”

“好。”

文麒想，常言道，冤冤相报何时了。可常言又道，人善被人欺，马善被人骑。

“有没有什么想法?”过了一会儿，刘哲铭问道。

“那就从经济入手，既然她花了你很多钱，你就找个理由跟她借钱，然后不还。”文麒似说非说道。

“去死吧。”

“在她的手机号后边注明‘异性伴游’四字，然后写满大街小巷。”文麒再次献策。

“你跟着我去写吗？想给我火上浇油呢?”刘哲铭问。

“拍裸照以给她造成精神压力，告诉她随时会在网上公开，也可以准确地发到她爸妈那里去。”又过了一会儿，刘哲铭说。

“好主意!”文麒赞同道。

“这……行!”文麒嘴上答应，内心却一阵发懵，但依然屹立不倒：“这样怕过了，搞不好惊动警察，到时你我就成了被遣返都是小事，搞不好还得蹲监狱。”文麒又说，“再说，我那些朋友都不行，待我捋一捋思绪。”

“要不这样吧，你把她再追回来，然后让她怀孕，最后再甩了她，杀人诛心，这是对她最好的惩罚，代价就是要牺牲小刘。”过了一会儿，文麒说道。

“承蒙你如此看好刘哥。”刘哲铭正视着文麒的眼睛，郑重地向他作了个揖，说。

23

刘哲铭回了庆州。

文麒将背着双肩包的刘哲铭重新送上地铁，刘哲铭悲屈的背影让他觉得，年轻人再怎么强大、独立，也难过生殖冲动关。

哥们走后，他自己又恢复了往日孤孤单单一个人的留学生活。虽然刘哲铭解决不了他的阴阳失调问题，但人总需要有朋友在身边至少壮声势。

尽管文麒已经付出了全部的努力，已经使出毕生功力来帮助刘哲铭走出悲伤的漩涡，但刘哲铭依旧伤心地离开。而不论怎样，生活还是要继续，文麒想起姜文的一部电影名叫“太阳照常升起”，再怎么失望也罢，死去活来也罢，每天夜幕降临的时候，眼睛还是要闭上，还要很欢乐地安静睡去，哪怕是假装的，勉强的，第二天，所有的所有仍将照常进行。

文麒希望能赚出学费，让父母在国内的生活可以宽裕一些，并且通过打工，尽可能地实践与扩充自己的韩国语，于是每天变得越来越忙碌。而忙碌也让前女友的影子渐渐地支离破碎开来，他也随之慢慢地心如止水，不再孤单，明白了原来感到孤单，是因为无所事事。于是，他在学习与工作的闲暇，又开始了安静地写作。

尽管目前来讲，没有什么东西可以证明自己是才华横溢的，回顾以往的经历，似乎也欠缺悬梁刺股、凿壁偷光、囊萤映雪、闻鸡起舞的精神。大学的时候成绩平平，仅仅在意异趣横生的中外近现代文学和晦涩却凝结

灿烂文化的古典文学，而多少忽略了古现代汉语语法方面的学习，汉语言文学专业几年下来，读得不算完美。

毕业后出国的原因里有对世界的好奇，也有找不到好工作又考不上研究生的无奈。而国外也非天堂，如今的他，是要靠着为他人洗盘子扫厕所生活的。

好在文麒对这个倒还想得开，事已至此，路已经走到这一步，前方没有更好的岔路口，好马也不能吃不新鲜的回头草，那就义无反顾地继续走下去。他相信每个人都在走着自己的不归路，但只要不是死路，走了就走了，不归就不归了，没有那么严重。

可身体的承受能力是有限的，再怎么不在乎，精神再怎么如何的强大，生理上的自动崩溃是不会跟你商量的。于是他又会在疲劳至极的时候陷入迷茫：活着到底为了什么？为了什么呢？我有出息不混吃，我还能吃得很饱，但吃饱了会不会却只是在等死，最后灵魂散去呢？

他将所有的闲暇时间都用在了小说的创作上，无聊二字长期与他无关，尽管文采暂时毫不出众，但不论怎样他还是想要再拼一下，在这新的釜山。看不到未来也罢，暂且权当是为了锻炼自己，暂且就因为喜欢吧。何况自己还年轻，至今不过二十三岁而已，距离一般情况下未婚男子的最佳状态还有七年，青山尚存风骨在，碧波如旧正气怀。

24

生活就是要努力，现在不作为，日后就需要为懒惰付出代价，不得不加倍补偿，还会事倍功半。文麒在积极地生活，每天第一个到店，没有废话，擦桌子、扫地、洗盘子、切洋葱、往冰箱里码饮料、做炒年糕、洗厕所、倒垃圾。作为一名勤快的小工，只动手，不动嘴，累了就想想余额，或者什么也不想。精明的老板看他能干，就把工作时间由原来的四个小时延长到八个小时。他也随之“富”了，学费问题渐渐变得不是问题，饮食也变得越来越健康。

每天随着美妙的闹铃声从床上爬起来，收拾清爽，来到店里，戴上小熊围裙，出现在店门口的橱窗里，从对面的街边看过去，好像一幅平静的人物肖像画。

时光就这么匆匆逝去，像流沙，像流水。暑假快要结束，夏天快要接近尾声，文麒来韩国也近一年了。国内大学的同学们如今大多已经找到了如政府、国企、事业单位这样的好工作，端上了“铁饭碗”。尽管据说也是晃晃悠悠的，但旁观者清，在文麒看来，他们的人生是沿着一条光明大道稳妥前进的。而自己出了国，上了研究生，继续深造。继续深造也就意味着需要再多一些的等待，所以，此刻的他只是一个戴着小熊围裙的小杂役。虽然有了一些收入，可毕竟是花了大量时间在不科学地锻炼身体，而不是哪怕是不科学地锻炼大脑，但这样的道路是自己当

初选择的。

文麒是一个初来韩国，话都说不利落半聋半哑的外国人，如果想在这里赚钱贴补自己现实中柴米油盐酱醋茶的日常生活，还能有多大的选择余地呢？这里是语言不通的海外，而自己也只是一名没有雄厚背景的留学生。还好身处经济较为发达的韩国，即便是这样的体力活，薪水也不至于会很低。

赚钱是一件如果想要自食其力、减轻父母负担、继续求学，就必须做的事。

25

“敢爱敢恨是需要资本的。”一天，下了班回到家中，连吃饭甚至睡着的力气都没了的文麒躺在地铺上望着天花板，脑袋里终于浮现出这句真理。

人再怎么脱俗，都或多或少财大了才会气粗。因为首先要能呼吸，才能关注别的生命本能。

而这句真理对男性的要求似乎更甚，文麒注意到，来店里用餐的情侣，甚至只要是男女搭配的客人们中，都是由男人买单的，只有数亿次中的一次，是由一位女子掏出了钱包，但还是被男方抢先结账。与他在国内时的经历不同，那时候身为学生的他和女友之间由于涉世未深，尚未有判断是非的能力，受到代理满足之影视剧的影响，还 AA 制过，并不可救药地引以为荣。现在想来，当时那么做，也对也不对，但主旋律是不对的。

因为人类毕竟要繁衍，女性生育代价高，而男性相反，因此男性需要在别的方面给予付出，以体现人生而平等的精神。

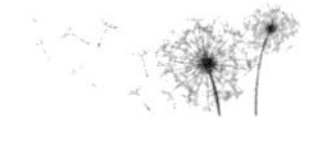

26

夏天快要过去了。

文麒用薪水买了衣服，尽管都很便宜，但穿上去，依然像了个当地人，直观地标志着自己向留学最高境界的“假洋鬼子”方向又迈进了一步。

学校快要开学了，他不知道前方等待着自己的会是什么，自己会遇到什么样的人，但不论会发生什么，相信只要坚持走王道，做事循天理，出言顺人心，明天就会充满希望。

不过开学就意味着打工时间和生存资料的减少，文麒查了一下自己的账户，又数了数手头的零钱，刨去已经大功告成的学费，调查的结果让他不知道以后该怎么生活，就好像不知道他如今使用的硬盘咯吱作响的电脑能撑到几时一样。而这时候，他又突然接到学校的通知，说要对外国新生进行语言能力的测试，以决定是先安排进入语学院，进行韩语课程的学习，还是直接进入专业课。但拥有韩国语能力五级以上证书的学生可以免试。

不得不辞了工作在家专心准备考试的文麒，面对无情的现实与王道的支持，还是不得不平静了。与此同时，如今每日坐在书桌前专心学习的他，又感受到了一种从来不曾体会过的舒适，果然是不赚钱不知道生活的难与累，辛勤工作后再来学习就明白，看书原来是一件多么惬意舒服的事情。

距离语言测试还有十天的时间，不幸中的万幸是，即使无法直接进入专业课，学校也不会简单地将学生打入初级语言班从头开始，而是根据考生的成绩决定将其编入语言的初、中、高三级中的某一级，于是文麒又看到了希望，他相信，凭借自己的语言水准，至少，被编入高级班还是有希望的，这样便可以最大限度地减少损失。

除了和当地人接触、看课本，“画”单词之外，文麒也习惯通过网络来学习语言，每天清早，沏上一壶菊花茶，打开电脑，挂起 QQ，登陆韩语教学网站，看看韩文视频，做做题。学累了，偶尔和朋友聊上几句。独自一人，安安静静，其实也是蛮惬意的。

27

考前一周。文麒面前的一片韩国字变成了一幅画，再由画变成一片模糊的颜色，最后在他的脑海中斑驳成一片空白。

文麒将 QQ 由隐身变为在线，然后刘哲铭的头像也变成彩色的，并马上对着文麒狂闪不止。

“在啊?”刘哲铭问。

“在，兄弟，仇报了么?”文麒回答道。

“顾不上了，现在要和家里的小蚊子较较劲。因为我把蚊帐给她了，跟她说了我有两个。”

“你为什么不说我只有一个，你爱来不来。”

“欲速则不达。”刘哲铭心平气和地说。

“这就是生活，离不开你被折磨。”

“你国内大学是不是二〇〇二级中文系的?”刘哲铭话锋一转，说。

“是，怎么了?”

“认不认识一个叫菱悦如的?”

“那是我的前女友。”文麒的心稍微动了一下，说。

“刚才董轩泽给我介绍了他一个朋友，正是此人。她在首尔我打算去的那所学校。”刘哲铭开始联系大学院了，在四处搜集情报。

“哦。”

28

菱悦如是文麒唯一的前女友，是他的初恋，谁没纯情过。纯情的初恋之旅，意义的重要性大于形式，且只有一次。

那是大学时代单纯的青涩感觉，那时候暴雨天也很蓝，喜欢、评价一个人虽然不够理性客观，不够深入，不够全面，但也是永生不悔的。那时候，三年五载就可以是一生一世。

文麒记得那时候，她个子虽然不很高，但明眸皓齿、靡颜腻理，留着齐肩的短发，常穿一身如月宫仙女般飘逸的连衣裙，对自己表现出忠贞不渝的态度，在那个物质贫瘠精神饱满的校园内，在学习的主旋律下，常常和自己在课下的夜晚，扑在晚自习时空无一人的教室，或校园里某个黑暗的角落里。这对于虽然五官清秀但身高不足一米八且一摸口袋，三个一元硬币相撞叮当乱响的文麒来讲，足够了。

认识她是在大二的时候，学校组织号召学生参加市里的大学生合唱比赛，那时候菱悦如站在文麒的旁边。合唱的歌曲题目是主旋律的《我爱我的祖国》。这首歌在文麒听来，是永远会使内心荡漾起一些东西来的，是能够赐予他力量的，而身边的菱悦如唱出这首歌，文麒会觉得更加娓娓动听。

也就是那时候，文麒渐渐对菱悦如产生了好感，金色的阳光自上而下洒在二十岁的年轻面庞上，瑟瑟夏风吹动她那淡蓝色连衣裙，令她如天使

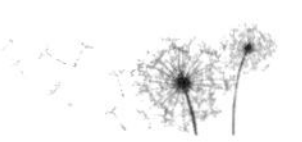

一般美丽的身影，会时不时出现在他的青春期的梦中。

然后文麒率先“发难”，利用自己相对英俊的面容，有药可救的身高，大无畏的厚脸皮，抓住了所有可以与她见面的机会，并丝毫没有暴露自己的本来面目，仅塑造出一个明显是未来宇宙栋梁的青年才俊形象，再后来，他成功了，做了菱悦如的男朋友。

最后，毕业之际，前途不定，文麒去了韩国，而菱悦如也随着潮流和他分了手，靠自己的力量在一家小公司上了班。

如今，菱悦如也来到了韩国。

但文麒并没有听到她的消息，QQ 里，她的头像也依然黑着，并未给他留下只言片语。他想要对她说些什么，但停留在键盘上的指尖最终僵住。

29

考试在即，文麒再怎么优柔寡断，也得首先专心攻读韩语，其他的事，一概不容多虑。

文麒在继续加快变成“假洋鬼子”的步伐，只要不怎么说话，便常被误认为当地人，还能常为当地人指路，虽然效果是像一个患有严重口吃的韩国人。语言是一个民族的重要特征之一，承载着一个民族的文化与灵魂，且又是人类最为重要的交流工具，于是在韩国求学，充满了社会性的他，想要尽量融入当地社会，成为“假洋鬼子”，便和所有的外国人一样，首先要解决语言这个重中之重的问题。

韩国语是韩民族的语言，拼音文字，好学易懂，简明又精确，便于普及，韩国的极低文盲率与其语言本身的易掌握性有很大的关系。组织大臣发明韩字的李氏朝鲜第四代国王世宗大王也因为他的这个最著名的成就而浓重地青史留名。

最后的冲刺中，他依然心平气和，独来独往的生活也并不让他感到寂寞，倒觉得无比悠闲，每日呼吸着自由的空气，心旷神怡。虽然耶和华神说，那人独居不好。但文麒自己的感觉尚且良好。也只能良好。

文麒没有丝毫的紧张，尽管考不好就意味着要推迟毕业、多交一学期学费、少挣半年钱，但那是不会发生的。

和所有的现代人一样，考试这件事情，也伴随着文麒长大。最终习以为常、宠辱不惊。

30

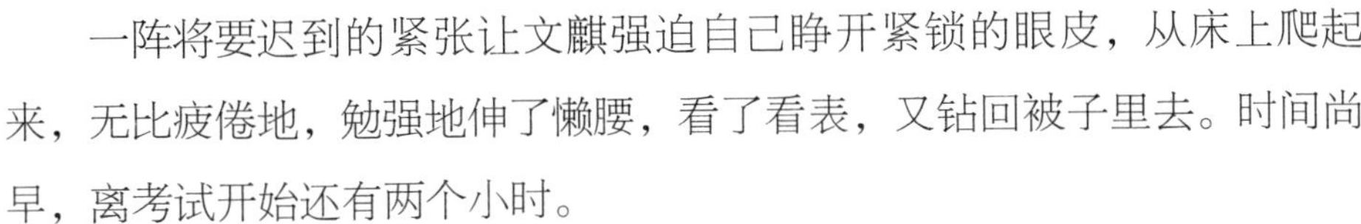

一阵将要迟到的紧张让文麒强迫自己睁开紧锁的眼皮，从床上爬起来，无比疲倦地，勉强地伸了懒腰，看了看表，又钻回被子里去。时间尚早，离考试开始还有两个小时。

文麒好像站在起跑线上的哪怕是优秀的运动员一样，在枪响之前，仍然感到了一些紧张。他将耳机里充满激励旋律的音乐音量调大了一点，站在了驶向学校的六十八路公共汽车站牌旁。

公共汽车一路颠簸，加上能令坐着的乘客产生推背感的，赛车一般的启动速度，让站着的文麒双腿随之颤抖。

31

文麒成功地穿越了摸底考试，九十五分。意料之中，意料之外。意料之中的是获得高分乃水到渠成的正常现象，意料之外的是他发现老师的评分标准也并非想象中那般严格。

他被编了高级班，由此掀开了外大生活的序幕。

语言班的课是比较重的，每天上午九点到下午四点，一共六节课，中间有一小时的午饭时间。这样的强度，让大学毕业的，如今的大学同学们已经过上了朝九晚五上班族生活的文麒，又找回了中学生的感觉。

韩语高级班的同学，除了占据了总数大半的中国人，还有来自越南、泰国、俄罗斯、日本等国的学生，尽管他们人数不多，但果然是更为广阔的空间，过去的五湖四海毕竟变成了世界各地。

据说越南经济发展比较滞后，但这里的越南学生看上去并不贫穷，并且，从不迟到，认真听讲，也积极参加课余活动；曾经沦为法国的殖民地，但也因此兼容并蓄了些许法国的文化；有一个名叫陈英雄的导演；同为社会主义国家，甚至国旗和国徽都和中国的颇为相似。

文麒对泰国的了解不多，但至少班里的泰国同学给他的印象很好。和他们同样来自东南亚的越南兄弟相比，他们打扮更时尚，个性更开朗；和中国之间没有不美好的回忆，关系很融洽；信仰佛教的民众达九成之多，拥有中国血统的前总理他信，早前红遍华语歌坛的泰国华裔少女组合“中

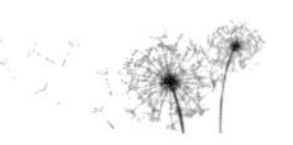

国娃娃”以及很好听的泰国语等，都给他留下了深刻的印象。

俄罗斯同学看上去仿佛不太好接触，第一因为语言不通，大家韩文都不好，沟通时误会频出，尴尬。第二是由于文化差异较大，与中日及东南亚国家不同，俄罗斯是传统的欧洲国家，俄罗斯人是欧洲人。但是，也正因为更大的文化差异所带来的更加的丰富多彩，来韩国之前，文麒曾经一度也是想要飞去俄罗斯的。可理想与现实之间总要有所取舍，传说中昂贵的学费，不多的打工机会等问题，最终阻挠了他。

中国一衣带水的邻居，唐代曾经虔诚的学生与信徒的日本，如今的他们，眼睛似乎是不同颜色的。遍地的索尼，世界各地常常相对低廉的物价让他们可以从骨髓里体味到母国如今的发达。班里的日本同学的衣着总是低调简单，不仔细听他们讲话的话，好像是来自中国南方小城市的富家子女。也就是男生会文眉，靠这个显示出与中韩两国男生的不同之处。

32

文麒眼前的韩国老师们都不会中文，用韩语讲韩文，且语速奇快，一节课下来，让他一头雾水，不知所云。

菱悦如的肖像在他的脑海中又斑驳散去了，每日坐在具有强烈推背感的公交车上往返于学校和住所之间的文麒，脑海里只有那语速奇快的韩国语和自己的小说，只剩下照进了现实的理想。

33

十月中旬，秋风瑟瑟，蚊子们却未见减少。

文麒随手抓住一只在耳旁嗡嗡作响的蚊子，然后把它放在一个玻璃瓶里封好。看着这个小哥们在里边仍然无所畏惧欢蹦乱跳，他心想，被我拿住，一般情况下，你是完了。

一个多月的时光匆匆流走，文麒渐渐地适应了奇快的语速与每日的奔波，也迎来了入校以来的第二次考核，语学院快要期中考试了。

语学院非常严格，期中考试居然安排了四名教师前后监考，文麒恍惚记得当年高考时也不是这个数。考前一周又闻传说，语学院前一届的考生曾经出现过半个班都没有通过的壮观景象。

包括文麒在内的所有外国人都享有相当于学费百分之五十的半额奖学金，按照学校的规定，考试未通过者，便不但得不到任何奖学金，且需要重修，交第二遍全额的学费。在教育产业化的当时，这是一个自负盈亏的私立学校的名正言顺的敛财之道。尽管文麒依然相信校方还是会遵循大义，目光依然会长远，毕竟，严师出高徒。

“他也是你们大学院的，多照顾照顾他啊。”发卷之前，文麒的一个热心的同学拍了拍他的肩膀，对着坐在文麒四周的几个自己认识的学生说了说。“谁啊，没见过。”其中的一个留着偏分短发的男生说道，而别的学生不置可否，但看上去也不会配合，泼了热心同学的冷水。

几名监考老师如幽灵般悄无声息地在学生的身边游走，文麒笔下的答案如织布的线一般密密麻麻，几道题做下来，右手微颤，好像要抽筋。

交卷之后便如上紧到极限又突然松下来的发条，不用再担心会崩溃，但也只是暂时的放松。

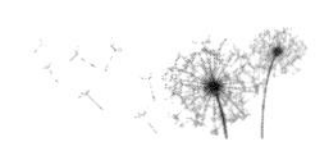

34

考试结果如期而至，文麒的成绩中等偏上，而期中的成绩会化作总成绩的一部分，出现在最终的成绩单中。他感觉只要将这样的状态保持到最后，便不至于会在期末的时候为母校额外创收。

放了学，回到自己的小房间，打开电脑，咯吱作响的硬盘，让他联想到只有几个硬币叮咚乱响的口袋。于是，他决定住所附近游荡一下，看看有没有什么能让房子安静一点的机会。

文麒住在一所年轻人密集的大学附近，对他而言，韩国的大学生消费水平很高，大学周围有许多的餐馆、咖啡厅、酒馆、KTV、台球室等娱乐设施，一家挨一家。哈根达斯、芭斯罗缤之类在他的老家西安只有主要街道才有的冰激凌品牌连锁和全家、7－11之类国际知名品牌连锁便利店等随处可见，呈现出一派商业繁荣的景象。商业繁荣便意味着有许多的打工机会，但这里是韩国，因此，这些机会往往更多地属于当地学生，只是如果暂时没有合适的韩国人，或者店里的外国顾客很多，确实需要的话，老板才会考虑雇佣一个懂得韩语和外语的外国学生。

文麒的眼前是灯红酒绿的各式店铺，与各种精致霓虹灯下的红男绿女。虽然自己此刻就身处此地，但却觉得这一切都与自己毫无关系，因为，他要做的，首先是要在这里生存下去。

“您好！请问这里需要人吗?”

“不好意思，不需要。”

“都招满了。”

“你找错地方了。”

“外国人不可以。”

“留下你的电话号码吧。”

……

“要，你是学生吗?”

“明天开始，每天晚上八点请过来上班。”

在眼看手中的资金即将消失殆尽的最后一刻，几乎询问了几十家贴有招工启事的店铺之后，他终于在快要放弃的前一秒，谋得一份饭店杂工的工作，也许这还算幸运，传说在这里，作为一个语言还不好的外国留学生，平均要问到一百家，才会有一家会将这小小的机会赐予你。

找工作的收获之一是使文麒的脸皮越变越厚，脸皮厚是件好事，可以免受不必要的干扰，可以不会因为害羞而丧失一些机会，可以在厚厚的脸皮下边，找到更为理性的答案，也可以使自己保持在心平气和地状态下与他人沟通。人的财富绝大部分从社交中获取，想做社交的王者，首先要善于与人沟通。

35

给文麒工作的是一家韩式的烧烤店，每天晚上的四个小时。烧烤店不算很大，大约有一百平米，装修简单大方。门厅的墙上，挂着一幅用汉字写成的“崇德广业”。老板个子不高，相貌平平，老板娘倒是很白净富态。伙计方面，除了他，还有几名身体结实，动作麻利的韩国大婶和一两名在火房[①]负责烧炭的大叔。

他的任务是收拾客人饭后的残局，清洗每天烤肉使用过的铁盘，随叫随到更换铁盘下燃烧殆尽的炭火，以及诸如清扫之类的杂活。文麒需要端着托盘上沉重的各种韩式的陶瓷制大小不一的盘子，一次端起十几个沉重的铁盘，不停地游走于大厅与厨房之间；需要随时用一根特制的铁杆，挑着刚刚烧好的熊熊炭火往返于火房与大厅之间；此外，手中还需要时刻提溜着一块洗好的大抹布，去擦拭随时可能出现在任何角落的污渍。

烤肉店的工作不如之前小吃店来的轻松，不过薪水也高了些，时薪涨到了四千韩币。现在的文麒不在学校，就在店里，要不然就在前往学校或者店里的路上，他又开始了这样的留学生活。

中国有句话：小富靠勤，大富靠命。文麒明白，自己再怎么辛苦，也未必能赶得上同在这个世界上生活着的许多人。当然，自己也未必会被许

① 专门用来加热炭火的房间。

多比自己勤劳多的人赶上。

工作是辛苦了一点，但人也总是需要吃些苦，不愿、不能、不敢吃苦的人，也往往要吃苦一辈子。吃苦算是一种修炼，固然千篇一律枯燥无味，而有一天也会体味到收获的快乐。投入越多，快乐也会越多。即使达不到最初的目标，也会收获意外的惊喜。

上下课、上下班、每天的生活都伴随着属于年轻人的充实和紧张感。文麒就这样日复一日，每天清早，抬头望望湛蓝的，令自己身心无比舒畅的广阔天空，有时他也会禁不住地喜欢这里——釜山，韩国。

光阴似箭，来韩国已有一年，他也正常在蜕变。一个不知盘中餐粒粒皆辛苦的“小皇帝”，渐渐理解了劳动者的艰辛与顽强。

从国内大学毕业的时候，和所有的同学一样，文麒偶有人生不过如此之感慨跌宕起伏于心，而毕业来到异国他乡后又逐渐清醒——未来即使是可以预知的，自己亲身去经历的时候永远还是初体验，永远是完美而崭新的人生篇章。

看看自己有几处小伤口和蜕皮的双手，文麒感到异国他乡的生活有点艰辛，尤其是对于家境并非阔绰的自己而言。俭省的海外生活便必将有打工相随，而打工便要付出时间与汗水，于是生命就失去了鲜活与自由，慵懒就变成了美丽和奢侈的代名词。

生活是艰辛的，但人也是顽强的，男人是不能倒下的，文麒一次又一次挣扎起来，世界就是这样，他也就是这样，不断地与生活抗争，生活也永远都在继续。

36

文麒白天在课堂上用心听讲，晚上在店里努力帮忙，收拾残羹、更换烤盘、擦桌子、给水瓶[①]灌水、洗碗、上肉、切蒜、配小菜、往冰箱里码各种饮料和啤酒、洗厕所。客人越多，他就越忙，每天深夜下班后，身体都像被抽空了一样，软绵绵、轻飘飘的。

周末学校没有课，他就去店里干一整天，虽然会更累，脚底板会生出彻骨一般的疼痛，可报酬也随之更多。

文麒机械地清洗着手中的玻璃杯。一手握住杯身，一手垫着洗碗布，捏住杯沿双手呈相对反方向旋转。清洗无穷无尽的玻璃杯本身并非自己的梦想，但除了可以磨炼成功必须的意志力以外，还会给自己带来一些在实现梦想的道路上，必须的经济上的补偿。

没有钱是不行的。不要说文麒希望父母可以早一些住上大房子，希望自己的家族可以早些兴旺起来，现在连眼前自己的学费问题还没解决。

而赚钱学习两不耽误的工作，比如翻译和家教也不是没有，但想要找到这样的工作需要实力加运气，还需要一个无期限的寻觅时间，可学费缴纳是有期限的，所以理智的选择还是有活就干，骑驴找马。

文麒此刻只是一个勤劳而不起眼的饭店小伙计。洗完玻璃杯，他又一

---

① 韩国饭店招待客人时，用来装饮用冷水的瓶子，作用相当于中国饭店里的茶壶。

刻不停地拿着抹布去擦桌子。经验告诉他，做事绝对不能像老式电话那样，拨一下走一下，要主动找事做，否则结局就是被炒掉。而老板虽然偶尔会发火，但也许是看他一个人在国外不容易，亦或许是相信善有善报，也始终没有表现出想要炒掉尽管勤快，但总还是干不过韩国大婶的他的意图。但两人毕竟非亲非故，且就算是亲友，也不会且无法对文麒好到败了自己家的程度。

每月领着凝聚汗水却仍然微薄的工资，交过房租，文麒的手头就又变得拮据起来，这其中的滋味，好像头发与身高对于谢顶人士和矮子们的意义，只有他们自己才明白一样——钱意味什么，只有没钱的人才会懂。

37

课堂上的文麒有些犯困，上下眼睑像是被分开的磁铁正负极，总是想方设法要再合到一起。昨晚的加班让此刻的他仍然感到腿脚疼痛，疲惫不堪，可仍然要强打起精神，接受解惑。下了课，他想要把新学到的单词写一写，手却因为在饭店里的长时间机械性的刷杯子劳动，好像《摩登时代》里的卓别林见到六角形的东西就想去扭一样，拿什么东西都想抖一抖、转一转。

放学之后，还要坐车四十分钟赶到住所附近的店里上班。这样的话，他每天白天要有至少一个半小时左右的时间要浪费在公交车上，每个月还要多负担五万韩币的交通费。讲讲自己进步得很不明显的韩语，再想想自己的账户余额，文麒用颤抖的双手收拾好书包，做出决定：算了，搬家，辞工。

对于大学生在外租房情况很普遍的韩国来说，学校附近的房租一般都很贵，文麒的学校附近也不例外。一般来说，哪怕只是一个大间，也需要负担约合人民币八千左右的押金。于是，眼下想要搬过来，找一个人合租是必需的了。

文麒觉得，一个人在外边，合租这事儿是要慎重的。他自己可以做到正直，但不能确定对方是怎样的人，而对方也一样。如果运气好碰到不错的人，也许日后会成为朋友，成就不错的因缘，运气不好的话，后果就难以预料了，搞不好因缘变孽缘。不是我不相信你，是这个社会太复杂。

他感觉得到，这所学校的中国人普遍比较富有，他们打扮入时、装备先进，和之前学校的“打工一族”相比，他们明显更像学生。面对家庭环境更好的各国学生时候，也能够显得更加从容，虽然这些从容很大程度上来自于资金上的支持。

而这里的同胞们由于经济上相对来说不太发愁，不需要他们为了生活而去绞尽脑汁，人便也显得不那么物质了许多，于是，渐渐地，单纯的文麒身边有了几个较为熟悉的人，其中一个自己住在学校附近，尽管家庭环境也不错，但也想要尽量节约用在房租上的开支，文麒便与他一拍即合。

于是，在一个周末的早晨，提前一周开始蚂蚁搬家的文麒，将自己连同最后的几件大包小包的行李，转移到了学校的周边，与朋友实现了个小小的互惠双赢。

38

室友中等身材，戴一副眼镜。那天换衣服的时候被文麒发现，背部有一道五厘米左右长的刀疤。

“我这儿是在国内时被人砍的。”室友不知为了什么，自己说道。

“……”听室友这么说，文麒想到“了解很重要”。

“后来我来韩国上了学。”室友说，“我和他们的想法不一样。”

“你是对的。”想到身后已经堆积如小山的行李，再回忆了一下自己的余额，文麒既来之则安之道。

不论如何生活总是要继续——这才是最富哲理的语言。文麒继续理智地生活着。绝非依着惯性，而是主动地去寻找生活的真谛。

“哥们，你每天写什么呢?”一天晚上临睡前，室友问道。

“小说。”

“哦，什么内容的?”

“随便写的一点在韩国的一些所闻所感。学中文的，练笔而已。”

“好，加油，早点休息。”室友以迅雷不及掩耳之势钻进被子，进入梦乡。

室友对文学缺乏热忱，隔行如隔山显得较为明显。

文麒盘腿坐在电脑前继续着自己的梦想，累了，便与 QQ 那端同样疲惫的朋友和同类在精神上相互支撑与鼓励一下。

他常常这样一直到很晚，很规律地每天凌晨两三点睡觉。

每天晚上室友一睡，他就戴上耳机，尽量小声地敲着键盘，尽管小声也还是有噪音，而室友也从不说什么。作为回报，白天室友看电视，文麒即使在看书也从不阻止。

当然集体生活也固然绝对不可能完全随心所欲，不可以完全生活在自己的习惯里。集体生活，就是需要一定程度的忍耐的，正如村上春树在《挪威的森林》里写过的那样。

文麒的小说越写越长，虽然他偶尔会觉得自己前边写过的东西纯粹是垃圾一堆，自己完全是汗水白流，但还是一直坚持着，选择不妨先写下来，日后觉得不好，还可以改。

他喜欢读村上春树，喜欢村上所诠释的那种孤独，以及村上对待孤独的态度。尽管，《挪威的森林》所描述的是日本二十世纪六七十年代年轻人的迷茫与冲动，但并没有妨碍生活在二十一世纪的文麒从他们身上，找到自己，找到方向。年轻人的憧憬与希望，在任何时代，任何国家，任何制度下，都是大同小异的。

因为怕耽误学业，仅仅是赚到了学费便辞了工作的文麒，又开始了每天只玩命往学校跑的生活。他觉得自己仿佛又回到了中学时代，教室里每天每节课都可以看见文麒这张脸，他不再像本科时那样隔三岔五地跷课了。

一般来说，跷课是不道德的，侮辱了老师和自己。只要人在，就总是能学到东西的。

“这么严。”晚上，坐在电脑前的文麒想起白天教授点名时的那张铁面，心里禁不住打了个寒战，自言自语道。

“你以为呢。”室友打了个哈欠，“还凑合了。”

“你以前那所学校有多严？”

“严到老师们有时候会打电话督促你学习。”室友之前在首尔上过学。

“……”

“W大嘛，就是这样，强调语言。严师出高徒。毕竟学校还可以就此创收，何乐不为。”室友说。

“是啊，这高徒还得交得起高额学费。”文麒回应道。如果考试过不了关，他就不得不多交一学期的学费，还要推迟半年毕业。

“得加油儿，还有期末呢，期末不行也完蛋。”室友继续说道。

文麒听罢，心中感到一阵紧张，想到期中之后便去打工，遂日渐疲倦的自己，不得不承认自己没有摸清楚形势。

39

天气渐渐冷下来，为节省起见的文麒依然很少开地暖，而是用一张电褥子来抵御寒冷。W 大的第一个学期快要结束了，他停下了小说创作，全心投入到考试准备之中。有点不祥的预感，但毕竟还没开考，所以只要还有百分之一的希望，就要付出百分之一千的努力。

他开始最后冲刺，每天一回来便又开始做韩文阅读，按照一门叫作“影视韩国语”的课的要求背电影台词，练习韩文写作，常常学习到头昏脑胀，又找回了当年高考前的感觉。

时间就这么过去，学校的复习假也结束了，文麒即将奔赴考场。

“带着信心去考试吧!”室友用韩语说道。

文麒笑了笑，是啊，俗话说，有计划不会忙，有信心不会慌。尽管期中之后打工多了些乱了阵脚，但毕竟也没有耽误上课。他稳定了情绪，倒也胸有成竹。

如前，四位监考老师幽灵一般从各个方向无规律性飘来飘去。让文麒不得不心无杂念，只能奋笔疾书，让笔尖在卷面上飞舞。老师“手头紧”，学生手抽筋。

最后一门结束，他如释重负。

“要是通过了，马上就把书扔了。”他对室友说道。过了一会儿，又说：“要是过了，马上就卖给新生。”

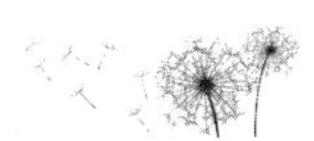

二〇〇六年的冬天，街道上的韩国人包括老爷爷也逐渐开始换上了劲爆的亮面羽绒服，文麒来韩国的第二个寒假也要开始了。假期还是要打工的。因为纬度的缘故，韩国的冬天比较长，寒假也就长，两个半月左右，让他有充足的时间来解决自己的经济问题。

“不行，外国人不方便。”

“我们下次联系你。”

“中国人不行，我是说外国人不行。”

文麒又开始了被拒绝的旅途。生活就是这样，一个语言还不灵光的中国人在相对发达的韩国谋生，还不如中国的农民工进城务工，最起码他们没有语言文化障碍。不过他没有太多担忧，乐观地认为找工作就像找对象，如果暂时自己不会有大的进步还想要拥有的话，那么放下架子，降低条件，愿望就会得到满足。何况，毕竟曾经成功过，有信心。

“其实在外国人里边，中国人还是有优势的，只要语言差不多，中国人的脸很有迷惑性，客人会把你当成韩国人的。试想一下，一个洋人跑去问需不需要人手，只看下脸，就觉得听不懂话，不论是对老板还是客人。”带着一脸倦容回到住所的他，对正在全神贯注打游戏的室友说道。

“呵呵。”室友眼睛不离屏幕，只是心不在焉地一笑。

在韩国的服务行业中，很少有除中国这种脸庞以外的人种在做直接面对客人的工作。而除了这样脸庞的人，来自发展中国家甚至最不发达国家的人加在一起并不在少数。一般来讲，他们如果想要赚钱的话，就只能去从事最苦最累不需要语言，如建筑工人，卸货员，甚至殡仪馆的尸体搬运员之类的工作了，但这些工作的薪水也会高些，算作天无绝人之路。

40

天有不测风云，这一次似乎不像找对象那般“顺利”。

一周过去了，室友也开始为工作忙碌起来，但也没什么眉目。文麒甚至在一家餐厅门口看到了明文的，规定不要外国人的告示。而随着时间一点一滴地流走，他们俩的内心也开始有些焦躁起来，伴随这焦躁而来的还有时隐时现的苦闷。

放假了，有了时间寻求假期打工的中国和韩国当地学生大量涌现，于是想要得到一个职位，也就越来越难。韩国的饭店，网吧，练歌房一类学生打工的场所原本也就不能招募太多的外国人，而让韩国的学生无事可做。

打工辛苦，身体上的苦。无活可干闲在家里也是苦，精神上的苦。

而吃不着苦的苦，比吃着苦的苦还要苦。文麒就这样，和室友一起，每天一点一点地坐吃山空着。

“实在不行就算了，我提前回国了。”文麒像是在跟一边等工作，一边打游戏的室友说，又像是在自言自语。

“喂，啊，你好，你好。你们那里现在缺人吗？好的，那我马上和我朋友过去。”这时候室友猛然接到一个关系的电话，“有活了，工地。管吃管住，一天五万，干不干？”

“干！”听到有活，文麒久旱逢甘雨，仿佛于深水中一根抓住救命稻

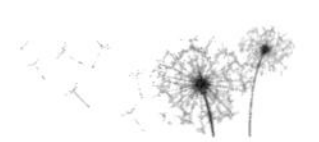

草，精神为之一振：“豁出去了，只要给钱，民工我也当了。”

他们也并非都是不努力的人，只是，虽然出生在一个并不富裕的家庭里，可和所有的城市独生子女一样从小到大从未吃过什么苦，去做建筑工人对他来讲，的确是一个挑战。

和中国有所不同的是，韩国的建筑工地上也能见到当地大学生的身影。而并非是打工者均由乡下劳动力所构成，这一点由韩国高等教育的普及和并不明显的城乡经济差异的基本国情所决定。

时间不等人，晚一天开始就晚一天结束，能够在中国的家中逗留的时间也就会少去一天。于是，第二天，文麒便收拾好行李，按照约好的时间和朋友一同前往那家建筑会社①。

时间约定在下午五点，会社门前。

文麒和室友拖着箱子准时抵达。看到会社门前除了室友和关系之外，还站着两个拖着箱子的人。从他们那和周围环境显得不那么协调的衣着和同为蒙古利亚人种的脸庞，以及熟悉的眼神中，文麒断定出那是两个中国人。

“你们好！也是来这里工作的吗？”文麒在跟室友的关系寒暄过后，向他们招了招手，直接用中文问道。

“是的，你们也是吗？”他们回答。

“是，你们也是五点？”

“是啊！可这会儿还没人。”

同在异乡为异客，如今又机缘巧合走到一起，说两句话是必需的。

文麒推了推门，锁着。

“等会吧。”文麒坐在了台阶上。

---

① 韩式中文，意为公司。

“嗯。”室友也放下箱子靠在墙边。

“你们是哪个学校的？”文麒对身边的那一个黑瘦小伙寒暄道。

“我们是过来打工的，你们呢？”

“我们是留学生。”

“噢。”

对方不再说什么。这时候的双方在得知自己和对方并非同路人之后，也都想再找些什么话题出来打破略显僵硬的氛围，又都一时找不到什么共同的东西，几分钟后，便不约而同地选择了默默等待。

时间转眼走到晚上六点。天也渐渐黑了，文麒四周的空气也逐渐冰冷起来，而老板依然没有出现。

七点钟了。天已经完全黑下来，而寒风中无尽的等待还在持续着。每一辆从远方驶入视野的汽车都会让文麒看到希望而随后总是希望的破灭。文麒不能忍受时光的白白流逝，他掏出随身携带的小本子和笔，开始继续他的小说。而他的双手越来越冰冷，最后甚至无法握紧手中的笔。而其他几个人在寒风的逼迫之下来回地踱着步子，他们来来回回地走动着，像是希望可以有些温暖，几个人相互间又似乎想要聊些什么以打发时间，可寒冷中的望穿秋水又似乎使他们失去了聊天解闷的心情，此时他们所关心的，只剩下何时能够结束这无穷无尽的等待。

随着时间越来越晚，气温也越来越低，街道上的行人，包括往来的车辆一点一点地在减少，渐渐地，周围只剩下他们几人，三三两两地坐在会社门前的台阶上。这时候，文麒在想，是不是需要去附近捡几根木头，点一个篝火。他的脑海中浮现出这么一个景象：他们几个人围坐在寒风里，中间迸发着几根木头燃烧产生的火苗，等待着老板奇迹般地出现，为他们打开温暖的大门。

在众人即将绝望，准备打道回府的时候，一辆七人乘的商务车没有任

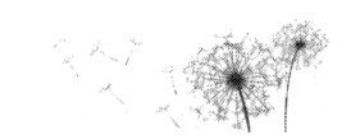

何征兆地猛然拐进他们的视野中，在会社旁边的停车场停下，下来了两名身着粗糙工作服，四十岁左右的中年男子，向他们招了招手，走了过来。

负责人出现了，众人无边的等待终于被画上一个句号。

负责人只问了一句，等了很长时间吗？便带着文麒一行人来到他们的员工宿舍。

宿舍是一间二十平米左右大小的房子，席地可以躺下三个人，有地热，带一个卫生间加浴室。关系也一起工作，文麒和室友及关系住在一间，黑瘦小伙一行住另外一间，上司住隔壁。还不错，某些方面条件甚至超过了文麒租住的小屋。管吃住，一天五万。太好了，文麒的心情像迎着春风开起的花儿一样，傻乎乎的好了起来。

搁下东西，在严寒中等待了几个小时，已经饥寒交迫的他们，被老板带出请了顿饭，不算太贵且用料简单的韩食，被他们吃成了山珍海味。

晚饭回来，文麒几个铺好被褥，室友先去洗了个澡，回来一开门先打了个颤，“这么冷！”

“你一会跟头儿说下太冷了。”文麒说道，“到头儿的房子去，开门先打个颤。”

“哈哈。”文麒身旁的关系笑道。

过了一会儿，头儿拿了个取暖器进来，开到最大，又调高了地热，让整个房子变得暖和起来。

“对咱们这么好，不知道明天要干什么呐。”躺在床上，关系对文麒说道。

“总是人干的活儿吧。”同样听了韩国头儿天书讲解的文麒说。

无比疲倦的室友和关系很快就去了梦里。文麒早上赖了床，此刻却无比清醒地读着带来的小说，一本已经被他翻得很旧的《挪威的森林》。

房间里静悄悄，仿佛只剩下文麒自己。

他看到书中女主人公之一的绿子自己填词作曲的那首莫名其妙的歌：

本想给你做顿菜，
可惜我没有锅。
本想给你织围巾，
可惜我没有线。
本想给你写首诗，
可惜我没有笔。

文麒笑了笑，本想为你做一切，可我暂时力不从心。

41

洪战辉说，苦难不是财富，苦难就是苦难。

文麒觉得不论苦难是什么，总之，来了都得先承受下来，而不是被其压垮，这是生存法则对一切生物的要求，其程度则取决于世间万物各自的命运。在这个过程中，铁一样的现实会如核导弹一般没有任何商量地击碎承受者的一切幻想，在被基本夷为平地的一片废墟上，还会留下长期难以去除的辐射来令你加深记忆。而从一出生起，每个人都首先会被安置在无可调换的，不管距离死亡有多近的位置上，来开始新一轮只能用来力争的所谓公平的竞争。

不过话说回来，如果大家都一样，也就没有了差距带给人们的动力与乐趣。

文麒三人一大早便被头儿拉到建筑工地，头儿简单地给他们介绍了一下一起工作的韩国人，韩国人向这些中国来的新同事打了打招呼，鞠了鞠躬。看到这些彬彬有礼的韩国同事，文麒愿意相信，他们虽然身着沾有泥土的工作服，但内心仍然整洁。

要挣钱了，文麒戴上头儿递过来的安全帽，将一个后边有一个挂钩的安全带系在身上。

“后边怎么还有个钩？别是高空作业啊。”文麒对身旁的关系说道。

“不会吧，先跟着看看。”自身难保的关系也是通过朋友介绍。

头儿将文麒一行人带到顶层，十三层。文麒俯视了一下，汽车变成了一块肥皂大小。

“上来。”头儿猴儿一般爬上一层脚手架，对文麒三人招呼道。脚手架大部分位于楼外，悬空。文麒微微感到不妙，可他还是连撑带爬跟着上了脚手架。上去后便将身后的安全索套在脚手架上，可望望楼下的肥皂们，他还是始终将手抓在钢管上，丝毫不敢懈怠。

头儿给他们每人发了一把美工刀，他们的任务就是将新固定在大楼上的建筑材料外边的塑料薄膜撕下来。

撕就撕吧，练习手指力量及灵活度。文麒自我安慰道，然后一边一手抓住身旁的钢管，一手略显笨拙地将塑料薄膜用美工刀割开一个口，然后一下一下地将它撕下来。文麒的身体大约一半位于楼外，一半处在楼内安全地带。他不敢往楼下看，并且时刻确认安全锁是否扣紧并始终保持一只手紧抓身旁的钢管。

文麒的前方是一些四四方方的建筑材料和几根交叉固定的脚手架，下方是万丈深渊。他谨小慎微地做着工作，然而凡事终有界限，否则便会弄巧成拙，如果不是身旁黑瘦小伙一个箭步上去的瞬间相助，不知何时脚下一绊失去了平衡的文麒或许就会一头栽向天堂。

“过来一个，”头儿不知什么时候站在了楼外脚手架的悬空部分，说：“快。”

要走到头儿那边只有一条“路”，就是走过一根通往头儿方向的脚手架。脚手架旁边是建材，手可以扶着，而脚手架下边就是肥皂大小的汽车。

“怎么了，不行?”头儿像只猴子一样在几十米高空悬架着的脚手架上荡来荡去，忽上忽下，翻越，且不带安全索。“为什么?”惊得惊魂未定的文麒目瞪口呆。让他明白了这钱确实不是谁都能赚的。

“不行，我干不了。”这时候文麒果断地明确表示道。

“我也干不了。”关系紧接着也说道。

舍友在一旁久久不语，过了一会儿，冲关系说道：“你问问他能不能加点钱。”

关系询问的结果是不行，室友耸耸肩，三人站在几十米高空的悬架上，手扶脚手架，相视无语。

“算了，撤。”关系说道。

“走。”文麒下了脚手架，“我不行，没办法了。”

42

头儿将文麒三人送了回来，临别的时候依然对他们很和蔼。头儿对他们算周到，但他们只能对头儿报以一句“非常抱歉”了。

“算了，就这样。我要是昨天接着干下去，现在已经升天了。”文麒终于回到了住所，对室友说道。

“赶紧找别的工作吧。”

即将弹尽粮绝。这时候已经过了元旦，天气越来越冷，走在街上寒风凛冽。本来就在上涨的物价，在坐吃山空的生活中，显得更加高不可攀。

文麒依旧没有工作，依然品味着吃不着苦的苦。气氛一天天逐渐压抑起来，却还是依然没有工作的消息，也没有任何工作机会快要带来的前兆，所有老板保留意见的承诺无一例外地都被最终确定为委婉的谢绝。

文麒和室友错过了放假前几周的假期招工高峰期。现在也就只能在青黄不接的时间段里等待奇迹的发生。同时，他们也可以选择在网上找一些中介，一般来说假如是一百万一个月的工作，他们会收取百分之十到十五的费用做酬劳。

“还好吧，他们也付出了劳动嘛。”文麒说。

“可是他们不保证我们一定可以顺利找到工作，并且拿到工资的。”室友看了看屏幕，说。

呵，真的这么没用吗？文麒照照镜子，熟悉的五官依然清晰，却怎么

也没找到往日光彩无比豪气冲天的感觉。

时间一晃，又一个礼拜过去，当他身上最后剩下二十万韩币的时候，他终于做出了那个决定——这笔钱刚刚够他回一次家。

“先走一步！”文麒坐在开往火车站的公交上冲室友挥挥手。

室友的心情和文麒大同小异，文麒看得出来，他此刻也是多么地盼望能够回到家乡的怀抱，看一看自己的老爸老妈，在自己最后的港湾停靠一下，以便更好地航行。而室友或许是在天时地利人和的允许之下，最终选择了继续留守。

釜山傍晚的公交车仍然不改其本色地伴随着明显的推背感，急速地行驶在通往火车站的路上，尽管两手空空，文麒还是感到如释重负，并且，作为一个初出茅庐的小伙子，适度地感慨万千。离开家，离开中国一年半了，失去方知珍惜，美好源于毁灭，过去的那些审美疲劳随着花开花落，变成了如今的朝思暮想，现在，他多么地想再次踏上西安的土地，亲口跟家人和朋友讲述自己一年半来在异国他乡的这些见闻和感受，多么想再去找回哪怕是独自一人散步在钟楼东大街附近的那种浪漫，多么想再好好吃一顿为秦始皇统一天下立下过汗马功劳的羊肉泡馍。

他从小到大都没有怎么出过远门，第一次离家，便只身来到了尽管地理上不算太过遥远，但心理上绝对陌生的韩国。而异国的乡愁也是更加深刻的，因为除了家人和朋友，这里也没有了长城和熊猫。

此刻的文麒急切思念着故乡的一切。一年半的时间并不长，可他也是第一次与故乡如此隔离，如此长时间的隔离了。

文麒坐在驶往首尔的“木槿花号”夜间列车里。车厢里很温暖，座椅很整洁，周围寥寥几人，除过火车轰隆隆的行进声外，异常安静。为了更好地前行，先让自己缓冲一下吧。他将座椅靠背向后推了一下，摘掉帽子盖在脸上，闭上眼睛。

43

“木槿花号”列车于凌晨五时抵达首尔。文麒拖着箱子下了车，走进站台，到首尔了。这是文麒迄今为止抵达过的最为现代化的城市，很好，不错。

“木槿花号”附近停着几列韩国时速在三百五十公里左右的名为 KTX 的子弹头列车，现代感十足。

他走进首尔站的候车厅，有序、干净、整洁、明亮、安静，没有任何会让他感到厌烦的感官刺激，至少从表象上看，没有野蛮。

走出首尔站，凌晨五点首尔的景色呈现在文麒眼前，别样的韩国特色的现代气息向他逼来，这里高楼林立，时隐时现的霓虹灯与已经开始泛起鱼肚白的天色交相辉映。斜对面的汇丰银行大厦，作为车站附近唯一醒目的中国元素，映入文麒的眼帘。

既然到了，至少留下些记忆。他拖着行李独自漫步在首尔凌晨的街头，尽可能多地感受着这座亚洲著名的国际大都市。纵横交错的交通设施，构成了这个城市的血脉和骨架，白天繁华的一切，都随着夜幕的拉下而沉淀出些许难得的安静，而清晨的一缕阳光，又将揭开繁花绽放的序幕。

二十三岁的他，内心是向往着这种先进与发达的，必须要承认，任何生物，包括人类，都是趋利避害的，即使是短暂的身处水深火热之中，也

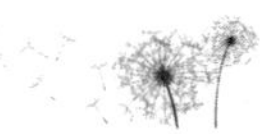

会是放长线钓大鱼，以慢为快、以退为进式地期待着更为舒适的未来生活，并因此而背井离乡。

他背着双肩包，提着一个装有笔记本电脑的电脑包，拉着箱子，坐上开往仁川的地铁，不知什么时候，地下铁扶摇直上开到了地上，他望着窗外开始熙熙攘攘的行人，再回头想想孤孤单单的自己，感到一丝比这清晨的低温更甚的清冷。

地铁抵达仁川站，他大包小包地出了站台，离开船时间还早，便在站台对面的一家小饭馆里吃了碗拉面，顺便取了会儿暖，休整一下，叫了辆的士，驶向码头。到了码头，找到入口，取了票，便想坐在人还不是很多的候船大厅里，写会儿小说，再闭目养神一下。然后发现电脑包没有了。

他平静地尽快回忆了下最后一次见到电脑包的时间，在没有任何记忆片段出现之后，没找到大件行李寄存处的他，又大包小包的走出码头，拦了辆车向着仁川站方向打道回府，到了仁川站，找到那家吃过拉面的小饭店，发现自己的电脑包静静地竖在店门口人行横道的红绿灯柱子旁，打开一看，电脑还在。他看看时间，这时候，距他离开小饭馆已经过去了四十分钟。

国际客轮上的文麒有些疲倦，有些无暇顾及第一次见到的尾随轮船而至的海鸥群。从首尔到仁川，一路经受夜间火车的煎熬，再从仁川第二国际码头登上驶往青岛的轮船，再加上电脑丢失事件导致的来回折腾，差不多二十四小时都没怎么好好休息的他倒在经济舱的床铺上闭目养神。经济舱实际上就是三等舱，是多人室，人多手杂不安全。但还算干净整洁，床铺大小适中的规格，也让身材并不怎么修长的他感觉不到一点不适。至于手杂，一穷二白的他，只要将笔记本电脑寄存在舱内吧台，也就没什么东西可供小偷惦记了。

“再过十六个小时就到中国了。”文麒闭上眼睛。

一觉醒来，晚上十一点。步履无比轻盈的他穿好鞋，溜出船舱，来到深夜的甲板，伸了伸懒腰。

夜晚寒冷的海风在耳旁剧烈地呼啸，他却无动于衷，夜晚的黄海将他吸引到船边，隔着护栏的文麒向下望去，一片漆黑，仿佛墨汁洒了一海。黑色的海水中，夹杂着些许轮船激起的白色浪花。

“跌下去就是一死。”文麒退回到甲板。他可一点也不想死，虽然眼下的生活并不轻松，对于未来，也暂时并不能够预料出什么确切的结果。坐在腿部固定在甲板上的长椅上，看着围坐在可以抵挡海风的半包围结构的船体内喝酒唱歌的大叔大妈级别的韩国人，文麒希望自己可以和这些前辈们一样惬意地工作、聚会、喝酒、聊天的日子早一天到来。

苦其心志，劳其筋骨。其实，却未必天将降大任于斯人。

但不论如何，文麒都绝对不会也没法儿退缩。

他回到舱内，毫无睡意地继续漫步到舱内的大厅。大厅服务台里的几个服务小姐还在交头接耳谈笑聊天，一会儿韩语一会儿中文。文麒不知道她们的国籍究竟是韩国还是中国。只觉得这些服务人员很有意思，略带些许微微的不可思议。他还没有来得及预想到，自己有朝一日也会变成大脑里同时存在两套语言系统的人。

韩国时间上午十一点中国时间上午十点，人生就是如此，阔别家乡一年半的文麒又见到了自己的祖国。虽然是陌生的青岛，可文麒终究又看到了伟大的中华人民共和国绿色的海关制服。

走进青岛港口海关，文麒如今成了个海外归国人员。

文麒拖着箱子走出港口，祖国的一切迎面而来——对面街边小吃店里十块钱一份的排骨米饭、五毛钱一个的茶叶蛋，以及“目不胜收”的鲅鱼

饺子馆、上海小笼包、兰州牛肉面等阔别已久的家乡料理店，让他感到钱包里的人民币们在蠢蠢欲动，但冲动在任何时间地点都是魔鬼。

青岛的火车站里人山人海，煞是壮观，拥挤着各路人群：有拖着拉杆箱放假回家的学生，有提着小挎包出差的公司职员，有背着一年的积累返乡的农民工，有为着各种目标而奔波着的各色各样的人。他们拖着疲惫的身躯，查询着列车出发的时间。而此刻的文麒，也和他们一样，只想买到最快发往西安的车票而不论价格——回家的时候，手中的钞票就变成了几张纸。

44

没有买到卧铺票的文麒提着箱子登上了亲切的绿皮火车。

嘈杂的车厢内和车厢外一样拥挤着形形色色的各路人群，而他，衣着光鲜，却又口袋空空。

他尽量挨着几个学生模样的年轻人坐了下来。一男两女，衣着朴素但干净，言语间透着和文麒一样的，年轻人特有的清新幽默。

一个人孤孤单单的他同他们寒暄了几句，得知这些学生模样的年轻人是从青岛出发去西宁的化学专业本科毕业生，签到了位于西北的化工公司。

几个人都显得很聪明，思维敏捷，判断准确，言谈风趣，有着良好的教养。得知文麒在国外上学之后，都觉得他是一个富人。继而爱屋及乌地表示文麒的箱子看着质量好，衣服一定为韩国制。对于他们对自己表现出的这样的态度，文麒选择了平静接受。

“你们都觉得在海外念书的人怎么会没有钱，可事实上，正因为出国上了学，才没有钱了，至少现在是一个穷人。”文麒表示自己只是一个普通的中国人。

列车启动了，车厢内依然很喧哗，文麒想要避开这种喧哗，于是将注意力转移到了窗外的景色之中，窗外是一望无际的田野平川和若隐若现的绵延群山。这里是祖国，是家，是自己最为熟悉、亲切、如鱼得水的

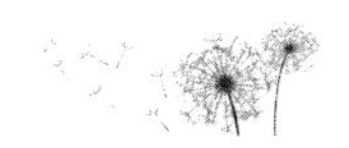

地方。

天色渐渐暗了下来，而车厢内喧哗依旧。但不幸中的万幸是，文麒身边的几个学生也依旧聪明，善良。

他们也是身在他乡，独自完成了四年的学业，他们也和文麒一样经历了很多，经历了悲伤与欢乐。他们也喜欢水木年华、老狼、许巍、朴树、几米；也曾经惧怕考试不过，或暗或明地迷恋之人被捷足先登，毕业找不到好工作，叹息生活如同被强暴，又会因为某一门课学得颇有心得而悄悄地沾沾自喜和适度的自命不凡，会因为某个资格证终于被拿下而感到天空原来那么蓝，每个人的笑容都那么灿烂，会因为学习生活中每一个发展的里程碑的树立而感到生活的本来面貌仍然是美好的。

那些日子已经过去了，若干年后，文麒才明白，自己的那些快乐与忧伤，原来都只不过是虚惊一场。那时候的感情是那么的真挚与不计后果，只因为钱钟书在《围城》中提到过的生殖冲动。也因为不可控制的生殖冲动，所以可以上战场，可以去冲杀与牺牲。弗洛伊德说，性本能是驱动个体成长的动力。

车窗外傍晚稻田的风景，装饰着点点柔黄的灯光，像幻灯片一样继续放映。他感到有点疲倦，于是，趴在桌子上，伴随着火车的轰鸣与颠簸艰难地闭上眼睛。过了一会儿被一声车鸣惊醒，眼前是一片东倒西歪的狼藉。继续睡去，又被坐姿累醒。如此反反复复，终于抵不过强大困倦的一波又一波进攻，昏睡倒在人肉堆里。

45

文麒溶解于半梦半醒的人肉堆中，不知不觉，人肉堆上方流动的天空泛起鱼肚白，车厢内的喇叭通知列车已驶入陕西境内，车厢里已经能听得到亲切的陕西方言，还有一个小时抵达西安。

到家了……文麒是第一次离家这么久。他从肉堆中爬起，越过千难万险，不得不踩着倒地女士身体一般地，艰难地，梦幻一般地抵达位于车厢底端的洗脸池，做了简单的清洁，然后重蹈覆辙地回到自己的座位上，坐正，醒来。

列车将要抵达西安站，他的心脏因久别重逢而开始加速跳动。

终于，列车缓缓停下，他看到了站牌上醒目的“西安”二字，他到家了。拉着箱子走下列车，走出熟悉的车站，打了一台的士，向家的方向行驶而去。

文麒的家在西安 X 大学的校内，校内的教工公寓。他在大学门口见到了在那里等待着他的老爸。

爸爸，妈妈，还有家还是原来的样子，文麒终于回来了，家里的猫儿见到他，表现出无动于衷的态度，但也并不像遇见生人一般四处找地缝躲藏，说明毕竟还认识文麒，他以为这家伙早把自己忘了。

快要过年了，西安的大街小巷里一片张灯结彩，和老爸老妈一起走在熟悉的街道上，所见之处，到处都是拎着大包小包购买年货的行人，每个

人的脸上都是一片喜气洋洋，仿佛过年的快乐从人们的心里溢了出来，流淌到了全身。天气虽然寒冷，却挡不住新春即将到来的喜气，中国人一年中最重要的节日，辞旧迎新的春节，风风火火地即将到来。不论在过去的一年中发生了什么，悲伤也罢，欢乐也罢，人们都希望这些成为过去，更愿意去展望新的未来。

文麒也在这眼前的一派繁花似锦中，将韩国的一些烦恼抛到了脑后，一心一意地开始享受眼前的天伦之乐。

46

X 大的家属区，一人抱粗的白杨树，一栋栋二十世纪五十年代苏联援建的苏式建筑。这里和孕育她的沃土西安的旋律一致，走出过许许多多的物理、化学、历史、文学等界名人，而更多的是普通的学者，他们虽然不怎么富裕，但在自己的阵地上，深入简出、循序渐进、滔滔不绝、抑扬顿挫、入情入境，他们为中国的教育事业执着地努力着，做出了贡献，值得每个人为他们点赞。

文麒也依稀回忆得起若干年前，大学校园留在他记忆里的那些点滴。其貌不扬，脸上长着几颗青春痘的男孩骑着破旧的自行车，载着有点可爱的女孩穿过校园的景象，虽已斑驳却还依稀可见。单纯的爱情……什么也不需要，只要是你，只要是我，永远听不进去父辈的训导。

文麒已经过了年龄。他已经不能想象如今让自己骑着一辆破自行车去载女孩子的样子，他喜欢浪漫，却活在现实中。或许，现实终究会是父辈所描述的那样。

看到了外边的世界之后回来了，想法较之以前有些变化，他有些记不清楚自己出国前的一些思想，也有些记不清楚，那时候的自己是怎样看待海外中国留学生的。

文麒的家还是以前的样子，因为自己在海外读书所需的高额费用，几乎没有添置什么新东西，还是那一些随着时间流逝不再成套了的过时的旧

家具和几个外壳开始发黄了的大小家电。院子里的参天大树倒也依然如故，默默无闻，无私奉献。那么，物是人非？可文麒也还是那个自己。

即使只有一年半的时间，家乡却并没有和自己一成不变的家一样，还是涌现出些许变化。多了一些他走时没有的建筑物；多了一些新人类，他们顶着夸张的爆炸发型，戴着一些让他难以理解的奇形饰品，尽管在从韩国回来的文麒眼里，有一点小城市里的摩登，但依然从他的身边招摇而过。

他似乎真的有些年老了，已经有些无法理解这些奇奇怪怪的十八九岁年轻人的思想。他们追求的是什么呢？不论他们在试图表述着什么，文麒都只觉得空洞与肤浅，空洞与肤浅如当年的自己。

虽然仅仅是过去了一年半的时间，第一次赚到钱的文麒却觉得自己经历了很多，自己不再是父母身边的那个孩子，他的肩头多了责任。

他必须独立处理许多事情而不能够再依赖父母。虽然很想再回到孩提时代，回到被父母“溺爱”的孩提时代，可他毕竟已经长大了，现在的处境，是父母无法涉足的，靠自己也就成了必然。

文麒很坚强，他认为所谓的坚强就是将所有的困难与生死比较之后，获得的那份平静。也很有耐性，坚强了，也就有了耐性。身体上暂时的辛苦阻碍不了他前方的璀璨的前程，再怎么辛苦，他也会平静地尽可能做到尽善尽美。

夕阳西下，X 大学家属区内一片祥和安逸景象。尽管天气很冷，可脚下就是故土的感觉让他感到幸福。也许幸福的时光永远是短暂的，他最多也只能在这里待到过年之前。而这之前，他还有事情要做。

47

回国之前，他接到了欧阳信的电话。

欧阳信是文麒的哥们，在日本留学。同是西安子弟，与文麒一前一后走出国门。

到日本之后，与文麒一样半工半读，体味着留学生活的辛酸与苦闷。

既然出来了，有几个不是扛着过日子。既然是自己选择的路，拼着命也要走下去。扛着挺过语言学校的那段日子，欧阳信考上了名古屋的一所名校。

每天的课业很重，下了课就去打工的日子很难捱。可如果不去工作就会马上坐吃山空，生活就即刻危机起来。日本那即使享受着奖学金也令人感到高昂的学费，让他希望依靠身在当地的自己的力量完成学业，但期末考前的一场高烧让他拿了一个不及格，也就意味着他失去了对外国人的半额奖学金，如此一来，让他感到压力倍增。

作为一个外国人的他，在半工半读的生活中付出了比日本人多出几倍的努力，收获的却是这样的结果。挫折让他开始重新审视自己当初的选择，也许，从经济状况角度出发，自己未必适合这个东边的樱花之国。

他给文麒打了电话，拜托文麒联系学费相对便宜的釜山的学校，如果成行，他的压力就会减轻很多，可以问家里要一些不算太高昂了的学费，可以多放一些精力在学习上。他想通过这样的方式悬崖勒马、亡羊补牢、

曲线救国，以便可以来日方长。

文麒帮他带回了釜山几所大学的招生简章。

许久不见，欧阳信已经比初次相识时成熟健壮了许多。大约一米七五的身高，留着日式的皮卡路烫发，洁净白皙的脸庞，透着棱角分明的冷峻，浓浓的眉毛下边，乌黑深邃的眼眸，泛着迷人的色泽。穿着一件蓝色清爽的 T 恤，一条卡其色涤纶运动短裤，踩着一双耐克的跑步鞋。整个人看着干净利落，阳光乐观。生活就是如此，它考验你，然后赋予你坚强。

尽管收获了坚强，但欧阳信也还是打算暂时离开日本了，很多时候，离开不代表失败，只是有了新的选择。

来韩国的话，至少经济上就不会再有太大的负担。经济保证了，学习算得了什么呢？有什么比深夜忍受着饥饿与在寒冷的冷库里，无休止地搬运货物，每天睡眠不足四小时还要来得辛苦呢？

“晚上一起吃个饭。”欧阳信说，“来点烤羊肉串。”

“好，那你既然回来了，也就先好好调节下。”

傍晚，西安的一家烧烤店。欧阳信带来了一个女孩子，个子不太高，眼睛比较大，披肩长发，化着精致的韩妆。

“她叫张晓涵，我高中同学，以前在韩国交换留学过一年。”

“你好，幸会。”文麒向她点了点头。

“幸会。我是韩语专业的，你在韩国学习、生活，以后还请你多指教。”张晓涵谦虚地说道。

“过奖了，互相学习。”文麒回应道。

这时候，文麒还不知道，与张晓涵的相识，为自己后来的生活，增添了一点花絮。

48

经过反复的权衡利弊，两害相权取其轻，欧阳信最终还是决定在日本继续走下去，因为如果换了国家，虽然学费会下降，但需要另外先学至少一年左右时间的语言，推迟一年毕业和就业。同时，已经有了一定基础的关于日本的一切，也会随着时间的流逝，在脑海中渐渐变得不再鲜活，造成一个半途而废。

这样折合算下，转战韩国和继续留在日本没有太大区别，人生的轨迹里，还会多一个被误解的逃兵嫌疑。

“人生就是要吃苦。没办法，没钱什么都不行。”傍晚的西安，走在文麒身旁的欧阳信慢慢地说。

“这是当然。”文麒说，“我们已经很幸运了，身处日韩，享受得到发达国家的便利。”

“日本国民素质高，生活质量好。”

“韩国相对来讲，也大同小异，女孩子打扮入时。”文麒说。

“西安女孩子也可以。”欧阳信将着眼点放回西安，说。

两人只见大街上三三两两走过的各式年轻女子，她们中的一部分，虽不施粉黛，但天生丽质。发型或许不那么潮流——但也清新自然。着装上的时尚感也在提升，文艺妮子大衣上点缀着精美的刺绣，别致的领口和袖

口，搭配休闲牛仔裤和厚实的针织围巾，温暖舒适。

“相比之下，文化气质上各有特点。”文麒表示。

“回来找一个也不错。”欧阳信肯定地说。

“异国恋对如今的你我来讲，似乎价值更高。”身无分文的他俩自不量力地继续聊道。

送走了欧阳信，文麒也将踏上回韩的旅程。

这一去，不知道什么时候还能吃到正宗的羊肉泡馍，什么时候还能和父亲在这个留下自己全部儿时记忆的校园中散步，和父亲分担苦涩、分享快乐，从父亲那里获得指导与鼓励。前方的韩国，各种因为自己的贫穷所给他带来的艰辛和离开故土家人朋友的乡愁在等他。

文麒的心情很一般，既不悲观，也不乐观。他逐渐变成了这么一种人。

还没有过年。而选择在年前离开，是为了去填补饭店里回国过年的同胞们所留下的空缺。距离开学还有一个月左右的时间，过去，就要抓紧时间拼命地工作。

虽然没法过年，但对他来说，回家本身就比过年还要来得喜庆。

文麒和欧阳信是一样的，一样的远离家乡独自面对生活的残酷。

文麒现在没有了儿时那样的无忧无虑，那么单纯缺心眼的快乐。即使面朝大海，他的内心也无法彻底明朗。

他觉得面朝大海不能解决现实中的问题。那只是一种逃避，充其量是一种精神上虚无的自我解脱罢了，是一种务虚的行为。这种形式的放松或许适合海子，可对文麒已没有了什么作用。

在家的这段时间，他迷上了日剧《阿信》。阿信，一个在人生道路上有过太多的艰难、困苦的生活的抗争者，面对了幼年期就开始的超负荷的劳动、管家的毒打、婆婆的虐待、孩子的流产、儿子的战死、丈夫的自杀、企业的破产，但她纯真、善良、勇敢、顽强的性格特征和勤奋、真诚、坦率、坚韧的优良品质使她在每每遇到困难时总能表现出常人难以想象的韧劲和不屈不挠的斗志，终于从一个七岁就被迫出来打工的女佣，变成一位拥有十六家超级市场的商界奇女子。

阿信从七岁开始，便已经在饱受人生的磨砺与创伤。虽然身为不同时代的人，但文麒也想像她那样取得成功。

回韩国倒计时中，他编织了一个阿Q式的幻想：舍不得离开的话，就当作没回来过。

回韩国之前的大采购被各式各样、经济实惠的中式作料所充满，生活在饮食特点十分鲜明，有“五味五色”[①] 之称的韩国，他偶尔需要做一些具备“国菜五品”[②] 的正宗的中国菜，来满足一下自己丰富敏感的中国味蕾。

终于，父亲将他送上了火车，像一幅肖像画一样，被车窗框住，站在站台上，静静地等待火车缓缓启动。

文麒看着父亲的肖像画，想起那句话：父母是这个世界上唯一的两个永远不会背叛自己的人。

火车开动了。父亲的身影随着火车的开动消失在远方，车厢内的他又回到一个人的世界。

从小到大，家中最喜庆的事情，除了自己的进步，便要数经济生活水平的一点点提升。在实现这些目标的过程中，自己与父母会有一些观点相悖之处，例如，他们偶尔强调“黄金的枷锁是最重的”之时，他却满脑子

---

① 甜、酸、苦、辣、咸；红、白、黑、绿、黄。

② 色、香、味、意、形。

“举天下一毫之事，非金钱无以行之”。会有争执，也有不满。但天下没有父母的不是。

“你爸爸每次都这样送你啊?”对面的大姐问道。

“嗯。”文麒的眼泪如脱缰野马一般禁不住地要往外冒，大姐有所察觉，就暂时不再说什么。

男儿有泪不轻弹，他也不想流泪，可实在伤感，无法克制。他还缺乏历练。家是港湾，文麒是军舰，军舰的使命是战斗，而不是一直停留在港湾。离开才是对父母最大的回报，他将眼睛移向窗外，呆呆地看着窗外的景色极速变换。

一夜过去，文麒又到了拥有许多哥特及巴洛克式的德国建筑，交汇着中西、欧亚文化的多彩青岛。

到了国际码头，便又见到了许多的韩国人和与自己相同命运的中国留学生。

船舱内充盈着韩文标示、韩国商品等韩国元素，让他上了船就仿佛觉得已经到了韩国。文麒躺在舱内的床上，打开电脑，继续编写他的小说，明日，就又在釜山了。

49

二〇〇七年的二月一日，晴，釜山，新开始。

文麒结束了两个男人的同租生活，在“分家”的时候，室友一改往日在不涉及经济利益情况下的“友好”，在房屋押金的退还及文麒住进来之后共同捡来物品的归属权等极端烦琐的小问题上喋喋不休。虽然这样的室友这样的行为尚且算不上坏，但由此而被点燃的厌烦情绪让文麒更加坚定地搬至离这间房子远一些的，学校附近的一个考试院独住。为了节省起见，房子夸张地小，只能容下一个人翻身。没有床，只有桌椅加上一个小书架。打地铺的时候，需将椅子推至桌下方可正常躺下，再想坐下第二个人就是奢求了。这样的房子一个月的租金加网费是一千人民币，但无须押金。所有的所有极端从简，极端清贫但总是独居，便也相对可以“逍遥自在”。

又在釜山了。还好，至少是他熟悉的环境：住所楼下的地铁站，临近一个中型的打折卖场，街口拐角的 LGU + 手机店，东南边的一个釜山银行，附近那蹲满烫发大婶的菜市场和图书馆一层门口的警卫大叔。

三天前还在文麒身边的父母又变成了 QQ 视频里的人像。罢了，忠孝不能两全。

上学期的成绩他还无从得知，因为研究生的非专业成绩是不上网的。忐忑不安地去学校问了成绩，结果骇人听闻，果然不得不推迟毕业了。这

意味着上学期工白打不说，还要再额外多付出一个学期的汗水。文麒没想到学校会这样的苛刻，眼前的成绩比他保守估计到极限的结果还惨烈了一些。

可木已成舟，他只得乖乖服从组织安排。

严师出高徒，高徒是交得起高额学费的徒弟。时间不等人，文麒火速在网上谋得一份发传单的差事。谈起发传单，他的脑海中浮现出了这么一番景象：几个烫着卷的韩国老太太站在路边，手中拿着几张小纸片在分发给路人，多么轻松又愉快。一小时四十元人民币，他暗自庆幸。

第二天清早文麒背着注意事项中提到的，装传单用的双肩包坐地铁来到集合地点领取传单，新的开始让他感到些许兴奋。

时间离约定的十点越来越近，文麒周围背着双肩包的人也逐渐多了起来，从与环境不协调的装束和同在中华文化环境下成长而形成的熟悉眼神来看，均为同胞无疑。

这公司居然用了这么多的中国人。文麒有些不祥的预感，按照他以往的经验，在韩国，越是外籍劳工聚集的地方，从事的也就越会是无人愿意涉足的低端业务。

“你好，你是文麒？”一个高个子、短发、浓眉大眼，学生模样的中国人，语气和蔼地招呼道。

“我是，你好！”

“你跟着我吧。”

“好，请多关照！”

“互相帮助吧。”高个子中国人说完，从车里搬出一沓垒成厚约四十厘米的传单，砰的一声放在文麒的面前，“这是你一会儿要发的。”

“好。”文麒将这些传单搬起来塞进书包，背起，带子嗖的一下陷进他的肩膀里。

“一会儿韩国人把咱们拉到地方，挨家挨户发。”高个子中国人招呼道。

“没问题。”文麒玩命地松了松深陷在肩膀里的书包带。

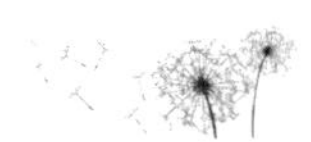

50

文麒一行被一个韩国司机拉到一片公寓楼入口附近，高个子中国人招呼大家下车。

“小心点，别被警卫发现。”高个子招呼文麒道。“把一部分传单拿出来，塞在衣服里，因为电梯里有摄像头。剩下的找个地方藏起来。另外，如果被警卫发现甚至抓住，不要顶撞他，鞠躬道歉就可以了，他顶多让你再上去把传单揭下来。如果逃跑、顶撞什么的，后果就不知道了，你们没有打工证，做这个工作，可是非法的。”

原来这份工作的性质是地下作业。“好，明白了！”文麒应道，既然来了，现在在“帮”里，“帮主”看上去又这么有经验，设身处地地为自己着想得这么周到，就听“帮主”的。

“你跟着我。”高个子对文麒说道，“你们两个等会儿再进去。”他又对身边的另外两个学生说。“我俩发一〇一，一〇三，一〇五号楼，你俩一〇二，一〇四，一〇六，把传单贴到门铃下边，半小时后在这里集合。有情况给我打电话，不能扔，后边有人检查，被不相干的韩国人捡到了，还有可能被举报。被举报的话公司会被罚款，因此，出了问题，别说这次的钱拿不到，以前干的也得全部充公！”高个子熟练地分配任务，指导工作。

文麒跟着高个子“潜”入小区。经过小区门口的警卫室时，他俩装出一脸若无其事的样子，成功躲过警卫的视线，来到一栋二十多层高的楼前。

“坐电梯到楼顶，一路发下来。一栋楼有两个单元，你发一〇一全部和一〇三的一单元，我发剩下的。去吧，快点发，还有下个地点，发完才能下班啊。”高个子熟练地安排道。

“好。”文麒应道，随即“潜入”公寓。

夜幕降临，文麒通过摆髋运动一步步慢慢挪动僵硬到仿佛都不再属于自己的双腿，向着宿舍方向艰难前进，这天他挨家挨户发了一千五百份。必须挨家上门不说，传单都是质量很好，且很重的双胶纸，一天下来，他筋疲力尽，或许是物极必反的缘故，他反而觉得身体变得轻飘飘起来，产生了一些失重的错觉。用最后一丝气力打开房门，便如同一摊泥巴一样，一头栽倒在地铺上。

第二天一觉醒来，文麒发现自己的双腿不能动了，稍稍一动便仿佛万剑穿腿、直逼自己忍受能力之极限。他查了一下知道这是肌肉严重缺血的表现。

“帮主。”文麒打开 QQ 通知头儿：“不好意思！小弟瘫了。”

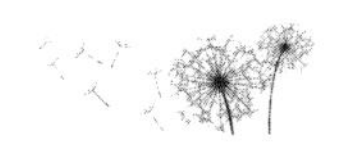

51

一个月过去了，传单运动让文麒失去了十公斤的脂肪，得到了约合四千多人民币的奖励，加上来时所带的资金，他凑足了学费，这样就可以继续目前的生活，而无须提前面临大的变动。

他将五厘米厚的钞票交给学校，却被学校无情地从上学期的高级班打入中级班，比从头来过还要惨了许多，如今是从负数来过。

这样一来，尽管是文科，但也多少有些经济头脑，懂得物质决定意识的文麒决定找找更适合自己的出路，再怎么人微言轻，他至少还有权决定自己未来的生存状态。

他想转学去一所制度上更加适合自己的国立大学。

韩国的高校根据不同的地域和学校知名度，以及国立私立性质上的差别，反映在教学质量和学费上的差异会很大。比如，位于首尔的学校一般都是名校，学生就业率很高，再加上地处首都，学费一般为韩国其他地方的两倍左右；而国立由国家教育部调拨经费，带有福利性质，学费便收得较少，但对学生的成绩要求较高。私立则由社会上的某某财团资助而创立，所得利润属于财团而非国家，于是便要自负盈亏，学费也就略显高昂，但一般来讲，较为容易考入。

据张晓涵描述，这所学校最多可以对成绩优良的学生免去百分之七十的，本来就很廉价的学费。而外大则是在原本就相当于国立一点五倍的高昂学费的基础上，只给予百分之五十的奖励。这是国立和私立的差别。

树挪死，人挪活。他觉得缓解经济压力是当务之急，另外，如果可以换一个更加优秀的平台去学习，成就一个日后更为辉煌的自己，对自己，对培养过自己的所有恩师来讲，都是一个无可厚非的选择。

不知不觉来韩国近两年了，近两年的时光让许多海外学子油然而生一种已然身为老华侨之感，言语间不时夹杂外语，因为他们在中国待了短暂的二十多年，而在国外已经度过了漫长的一年半。

文麒只觉得时光瞬息如流电，每天早上累晕晕地出门，晚上精疲力竭地回家。

中级班的课程对他来说相当轻松，于是迅速摇身变为中级老大，成为中级中的精品，成了中国足球甲级联赛[①]的冠军，重温了作为优等生，权威性如同教授的虚荣的自豪感，下课蹬上他的铁驴儿奔向公司，如同做贼一般潜入各个公寓楼在门的把手上贴完传单回来，再一次地看看课本，研究一下学费便宜、奖学金制度诱人的国立大学，日子就这么一天天过去，伴随着些许平淡、寂寞和无奈。

一天晚上，文麒独自在住所附近的商街溜达，这条商业街地处包括文麒学校在内的三所高校之间，一到晚上，便是韩国型男靓女无数，男生各个身材高大挺拔，相貌英俊帅气，发型以烫发或各式先锋剪发居多，发色从金色过渡到茶色再到黑色，身着各色时尚外套，风衣、长 T 恤、洋装、铅笔裤，金银色皮鞋，运动鞋。女生各个化着精致的韩妆、肤或真或假白如雪、凹凸有致、发金、褐、黑如丝，金色高跟。还有一些个子远远低于文麒视平线以下的女孩，低头一瞧，也是小号惊艳型美女。

但男生就不说了，这么多女孩没有一个是自己的。

---

① 中国职业男子足球的二级联赛。

漫漫无期、孑然一身的生活，让文麒在想，需不需要将自己的孤独化作缭绕云烟一吐为快。

他漫无目的地又溜达回住所。打开电脑，继续仿佛已经遭遇瓶颈的小说。

码字儿爱好者要直面自己的心，那么，就是，我一个字儿也写不出来。

如果不想写了，代表着什么呢？什么也不代表。

学写文章的，要注意标点、断句、韵、力、道儿、和读者的感觉。

在生活中找找皈依。

生活就是如此，前途虽然未定，心却永远不可荒芜。

52

文麒自然醒来，揉揉眼睛，看看时间，下午三点半，这是一个百无聊赖的周日。他睡眼惺忪地起床刷牙洗脸，湿着头发坐在电脑前，发现国立的招生简章出来了。便跟依然身在国内，但誓在杀回韩国的张晓涵通了电话。

张晓涵在韩国交换学习过一年，现在毕业了，但虽然是学韩语的，并且过了六级[①]，却依然不能和韩国人流畅自如地对话，更谈不上用韩文书写逻辑缜密的公文及报告，明显依然是烧到八十度的未开水一壶，且对国内本科毕业生那骇人听闻的起薪表示不可理喻，就燃起继续深造、再赴韩国读研究生的打算。

文麒则是已然处于烈火熊熊的地狱之中，此时烧开水的重要性远远不如先降温重要。

现在，马上就得开始忙碌起来。文麒记下募集材料要求，开始逐一分类研究。别的暂时顾不得了，只希望国立大学的福利制度可以迅速改变自己的生存现状，摆脱这要命的地狱之熊熊烈火，既然快热死了就先想办法得到重生，然后在不丢掉小命的前提下，做做用熊熊烈火烧开坚强之水的打算。

① 韩语能力考试的最高级别。

学校的录取流程是这样的：首先材料审核，然后再对材料审核通过者进行面试，最后再测试语言。文麒下载了官方网页上提供的表格样式，看了看内容，除过毕业证书和成绩单这两项固定要素之外，内容也问及在中国的个人经历以及个人的爱好特长等。除了毕业证书和成绩单无可厚非之外，他不清楚两点：首先，剩下的疑问句如何确定问得到真相；其次，如何仅从这些书面答案中判断出申请者的学术能力。因此这世界某种程度上就是一场博弈的较量。

材料由入学管理处移交到所申请学科的系主任办公室，由任课教授开会、审核材料、举手投票、拍桌、确定人选。所以，各个教授的印象分是一个需要拿下的环节。

文麒选择了按照过去母校的一位教授的指点去做：不请自入。因为觉得自己势单力孤得到召见的可能性小，但又觉得必须见面才能让教授亲眼目睹以至慧眼识出自己这根未来宇宙的栋梁。

大脑中大致形成了一个宇宙之栋梁与宇宙栋梁之伯乐历史性会晤的轮廓之后，他翻开外大的韩语中级课本。虽然已然贵为宇宙栋梁，但毕竟还是这座庙宇里的和尚，虽然是神僧，但既然还在这里，那就必须继续敲好这里的金钟。

心若无我之境敲金钟之时，神僧的“手雷”突然爆炸，传单公司的急电，宇宙栋梁之文麒又合上了书本，为了宇宙的未来，义无反顾地背起书包，下了地铁。

53

文麒趴在桌上昏昏欲睡，但老师的声音从他左耳朵进去，会被堵在右耳朵里。

公司的召唤电话在下课前后响起。文麒收拾好书包快步走出校门，跨上自行车直奔地铁站。耳机里织田裕二[1]悠扬的《Together[2]》刺激着他的大脑皮层，虽然干的是驴活，极其艰辛，又无比忙碌，却收入微薄，但对于目前这个级别的他来讲，也算积极向上的生活。

物极必反，那么疲惫到极点会发生什么？不累了吗？文麒于半夜一两点，双手冰冷，两只腿脚沉重如被灌了铅，推着奇沉的铁驴走完最后一段到家的路，打开房门，第一站走进洗澡间，拧开热水管儿，让四十度的水滴大肆地冲打在自己的背脊上，希望这样可以冲走他的疲惫。湿着头发，依然按照往常的习惯，翻开课本，复习一下功课，闭眼前，打开 QQ，看看有没有发给自己的消息。

QQ 名单里一个跃动的头像都没有，一片祥和，让文麒的心安静若太平间。让孑孓一身的他在疲劳之余，举茶杯邀灯泡，对着镜面屏中的自

① 日本著名演员、歌手。
② 英文，意为在一起。

己，成两人。

时光漫漫如流水。他的生活紧凑而平淡，虽然危机四伏，但也基本兵来将挡水来土掩，二十四岁年轻的身体，就是燃烧生命的本钱。

别的东西无从细想，眼下，他的人生主要矛盾就是能否成功申请上国立。在自己的学业上，再次投胎，重新做人。

每一个寂寞的夜晚，文麒仰卧在地铺上，面对着五平米见方的天花板。偶尔被始终如一的简单生活所麻痹，产生出一种错觉与狭隘的满足感，认为自己的生活面貌本就如此，纵使自己再怎么努力，也无法改变这命运对自己的选择。同时，认为自己现在好歹过着温饱生活，比起非洲战乱国家的孩子，不知要幸福多少倍，也该知足，进而让自己变得安逸。然后觉得自己像极了那只温水锅中的青蛙。于是，又很快不甘心起来，重新打起精神，认为太阳在我手中。巴尔扎克不也是一边独自过着赤贫的生活，一边写出了《幻灭》么？

54

外大这边要开始紧张的期中考试了。关于国立的种种负面建议，以及说风就是雨的道听途说，又令尚且不怎么看得到问题本质的文麒时而冒出悲观情绪，但前方的生活就是如此，应该坚强乐观地去面对的时候，就不要妄自菲薄前功尽弃。

坐在桌前温习功课的文麒感到腰肌无比酸痛起来，他想伸伸懒腰，展展双臂，不料，双臂未完全张开就碰到了狭小空间的墙壁。

难不成还得先伸左臂，再伸右臂——文麒看看屏幕右下角的时间，罢了罢了，又是凌晨一点，这时间都过得如此飞快。他写了篇小日志：

空间很小，却是属于我的。

关上房门，隔绝掉这个世界的喧嚣与烦恼。

很享受现在的生活，一个人，但也绝对逍遥自在。

虽然未来依然朦胧，但脚下也是希望的田野。

55

这天是材料收纳截止日期的前一天。雷雨交加，天空被漩涡状黑色云朵所笼罩。只想着能有多一些和教授交流的时间，忘记了还需要在教授面前表现得精力充沛的文麒坐在驶往大田的夜间火车里。材料准备得一切就绪，他不得不仅仅是礼貌性地向学校请了一天假，但没有有事的证据，他总不可能让大田的学校开一个想要报考他们学校，所以不能上贵校课的证明书。而在韩国的学校，请假是需要证明书的，比如医院的诊断书，参加学校活动的认证书等。所以请假也算缺席，但也没有什么办法，做事是不可能一点成本也不摊的。

下了火车，天还没有亮。凌晨的车站安静而清冷。文麒拎着装有申请材料的文件包走出车站，四处看了看，打算寻觅一个可以暂时落脚的地方。期间不时有各路从地底下冒出来一般的韩国大婶，向他殷勤询问需不需要床位和小姐，物美价廉追加赠送服务。他本质上需要，但是为了未来的女朋友及夫人，他挺住了。当然，纵使挺不住，他也身无分文。

他躲进一家网吧，要了听可乐，上网核对了下今天计划面见的教授的专业、姓名和联络方式。

一听可乐喝完，地铁开始营业了，他走出网吧。

文麒走进国立的大门，为了尽可能地对教授有多一些了解，大致观摩了一下这座学校：不愧为排名前列的名牌国立，校园庄重朴素，绿树林荫，有着各种荣誉的象征，例如，国际交流处门口的墙上装饰的各国国旗等，遍布校园的角落。再看学生，整体来看，学生们的相貌丑了一截，头发脏了一些，着装也相对比较朴素，看上去像是将绝大部分心思都用在了学习上的好学生。再加上身旁偶尔走过的头发里夹杂些许银丝，戴着文质彬彬的眼镜的教授，让整个校园充满了浓厚的学术气息。另外，这座学校还坐落在地价不菲的平地上——山地约占朝鲜半岛面积的三分之二，于是韩国为了不占用耕地面积，公寓、住宅、学校等建筑往往建在陡峭的山坡上，除非愿意为珍贵的平地付出高额代价。

文麒站在此行的第一站——系主任的办公室门前，心脏剧烈跳动。最后，他横下一条心，敲开了门。

谢了顶的系主任戴个眼镜，高高的个子，见到学生模样的文麒进来，停下了手中的工作，和蔼地招呼文麒坐下。言谈间，因为只是基本的、常用的初次见面时使用的客套话和简单的自我介绍，所以文麒的韩国语还算应对自如。他心想如果再继续深入交谈下去，自己的语言就要招架不住了，于是见好就收，告别了业务繁忙的主任，退门而出。

随即又拜访了系里其他几位教授之后，文麒将材料交付入学管理处打道回府。

回了釜山。打开 QQ，张晓涵的头像对着文麒闪烁不止，她的材料也由中国邮到了国立。

张晓涵问他今天战果如何，文麒忽然想起他临走时偶然发现的，那位系主任不易察觉的一丝不耐烦，便答曰很一般，基本不抱希望。尽管教授台面儿上对文麒的态度算热情，可他觉得台面儿上的东西往往是出于一种迎合，而迎合即依然还会去坚持的欺骗，因为哪怕是为了繁华的虚荣永存，于是，凭直觉感到事情的结果未必会很妙，而具体的原因如同别人的私生活一般无从知晓，也只能放下，去任由天命处置。

无论如何，交了材料就只能乖乖等结果。十几天后，国立还要组织语言测试，由报名者自愿前往，按语言测试结果决定录取后是否需要再修语言课程，给文麒一种语言好不好无伤大雅的感觉。发散一下思维的话，那么确切的选拔依据究竟是什么呢，如何择优录取呢？专业知识无从考核，语言成绩与录取无关？

满脑子问号的文麒十几天后依然参加了语言测试。练兵也罢，如何也罢，他只觉得，这样一来，这件事情便可算作是完美地、有始有终地告一段落。

事后的总结与反省让文麒处于了一种无凭无据的惴惴不安状态，因为始终没了解学校的具体选拔标准，所以也无从预测自己被录取的概率。他不知道哪朵云彩会下雨。条件差不多的话，是不是由长相决定录取的呢？长相差不多是不是看谁会来事呢？教授会不会谁会来事反倒不要谁呢？总而言之，没谱。

56

文麒睡了三个小时便再也无法入眠，申请国立研究生活动告一段落之后，经济又出现了危机。报考国立花了二十万韩币，耽误的工作又让他少赚二十万韩币。眼前即刻便是外大的期末考试，倘若密集打工，一旦遭遇考场不测又将再次推迟毕业。二虎相争、势均力敌的两权相害让他无法对现状泰然处之，搞得头发成了替罪羊，一把一把往下掉。

文麒不知道自己怎么了，也不知道自己还抗不抗得住。一边戴着耳机练习听力，一边挨家挨户散发传单的他有些飘忽不定的感觉，不知道自己会不会在下楼时一脚踩空，翻滚而下，甚至小命呜呼呢？

“这次如若未能录取，我便退学工作了。”文麒敲击着键盘，向国内的朋友说道。

“这是没有办法的事，我实在太累了。”

“……”

“我就是这种能力的人，日后只求粗茶淡饭，丑妻贱妾。”

文麒面无表情地合上电脑，什么也不想管地倒头睡去。

57

期末考试如饿虎一般如期而至。而凡事都未必是自己预料的那样，心里没底儿却有些物极必反、否极泰来的文麒却颇为轻松地穿越了这道关口。

背着换掉的第三个双肩包的他，又开始徘徊在警卫与狗的附近，瞅准时机，将传单纸一张一张地塞入生存的夹缝之中。如果他不这么做，那么等待着不愿轻易向年迈的父母伸手要钱的他的，就是三个月后无法缴纳的学费、退学通知书以及前途的毁于一旦。或许，对于中国普通家庭的孩子来说，留学生涯的假期，就是如此辛苦又枯燥的。

挣钱对这时候的文麒来讲，并不是一件容易的事情。釜山这种水准颇高的国际都市，即便是一个小小的服务生，都被要求了超越其他中小城市的高水准，外国人求职者就更加难以胜任。他实在不想再看到招工注意事项里被注明的外国人不行的韩国字。

当下所能做的，只有发好传单。

尽管他早已厌倦了这种如小偷一般，躲避着警卫与狗，耗尽全身力量，将三四十斤重的传单纸背来背去的活动。

58

文麒在国立的录取名单中没有找到自己的名字。他反复了一遍又一遍，结果却总是该错的时候不错，不该错的时候永远错。

他沉默了，坐在五平米的小屋里独自发呆。尽管有过不祥的预兆，也做好了最坏的打算，可结果正式定下来，总是不怎么愉快的一件事情。那么未来两年还是要继续半工半读的生活。他感到前方一阵传单如山倒，麻木了，无法再思考什么了。

张晓涵崩溃了，没有被录取。她在大呼不公平的同时，表示大不了从头再来，论成败人生豪迈。文麒没什么办法了，这就是自己的命运。他希望“转念一想”可以为自己带来阿 Q 式的释怀：国内不也没考上研究生吗？落花流水忽西东，自己应当已经有所免疫。木已成舟，除了再去配两把船桨，还能怎样。

文麒计划不如变化快地改变了主意，定了回国的船票，他感到身心俱疲。这一次如果可能，也许就不再回来了。

59

现在是二〇〇七年的夏天。

文麒揣着从西安带来的自己和董轩泽的共四万人民币学费，重新出现在韩国仁川的国际码头。

他不知道如果没有家人和朋友的支持，他还能否走到今天。

董轩泽在首尔火车站等着他，当初接他到韩国的兄弟，文麒当年唯一的海外关系，同乡，如今在首尔一所名校读硕士。

一年不见了，董轩泽又胖了不少。理工科的他如今天天坐研究室，一个月有六十万韩币的研究经费可拿，在这个阶段的年轻人当中，属于出类拔萃。

相比之下，同为硕士生的文麒便寒碜了许多。如果主动去替自己开脱一下便是，文科学生是无从获取什么研究经费的。君子不媚俗，故穷。

“没去成国立就算了，塞翁失马焉知非福。”董轩泽拍拍文麒的肩膀，“在我这里住两天，我给你弄了一张东方神起的票，明天我们去放松一下。”

“好。”文麒说。

董轩泽带着文麒来到他的住所，住所位于一所民居的屋顶，是一套建筑工地常见的活动板房，一间不到十平米左右的卧室，带一个封闭式厨房，一个卫生间。卧室的主要空间被一张席梦思床垫所占据，其余的地方，摆着一个挂满了衣服的服装架，一张放着一个笔记本电脑的小桌子，一个塞满了各种书籍的小书架，几乎剩不下了什么空间。

董轩泽告诉文麒，这里冬冷夏热。

受各种条件的限制，经过哥们同意的文麒，不得不坐在董轩泽的床上，问："为什么?"

"因为这里是首尔，我想自己解决学费。"董轩泽说。

文麒说，"也是。"

董轩泽问："你现在怎么生活?"

"传单。发得我不但瘦了，而且空了。这次过来必须教中文。"文麒指指脑子，说道。

"我希望你压一压，中国学生都是这么想的，最后全掉饭店里擦桌子洗碗了。"董轩泽说。

"别这么说，给大脑输入点良性程序吧，比如，你一定会有一番作为。"文麒说。

"也是，你也一样。"

"一定会的。"文麒平静地答复道。

"我有个朋友是报球代理，活很轻，只需要你到现场采集比赛即时信息。一场五万，一月四场，干不干?"

"干。"既然是董轩泽介绍的，文麒就一口答应，这种好活儿，岂有不做的道理。

"我朋友一个月只是双休日在家打打电话，赚一百万韩币。不过干这个手头随时需要几百万韩币的周转资金。如果哪次公司的工资暂时发不下来，就需要你自己拿钱，围住身边的下属。你回去等我消息。"

"好，晚上喝点儿。"

60

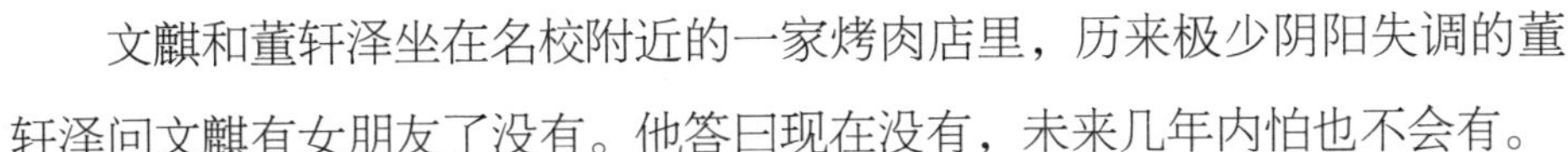

文麒和董轩泽坐在名校附近的一家烤肉店里，历来极少阴阳失调的董轩泽问文麒有女朋友了没有。他答曰现在没有，未来几年内怕也不会有。

“为什么呢？你长得这么帅，个儿也可以，基本满足了外貌协会的要求，待人又真诚，又是研究生。”

“约不起会。”文麒说，“不好意思。”

“你一天胡整呢，为什么不好好赚钱。没钱就什么都没有，也包括女朋友。”董轩泽说。

“没错……”文麒逐渐地开始不再否决。“你说得没错，没钱就没力量。人和动物一样，最重要的活动是最大限度地去占有生产和生活资料。”

“没有钱解决不了的问题，如果有，那就是钱还不够。”

“是啊。”文麒这几年真的是太过贫困，贫困到缺乏营养，连思想都开始变得麻木起来。

61

告别了董轩泽，文麒回到了釜山。

又见到了学校熟悉的一草一木，即将重新升入高级班的他，相信自己不会再犯同样的错误。

他渴望毕业之日能够早点到来，然后在日后无尽的岁月里怀念那似水流年的求学时光。

62

九月新始，暖似晨阳。

文麒想起了董轩泽那个只打电话便月入百万的朋友，又想到了中国的富二代们的非凡命运，最后想到了这两年来，下了课又去玩儿命端盘子、发传单的自己。

定了型的东西再怎么去揉捏也无济于事，除非去勇于冒险破坏，否则只有被迫接受，最终理智地在有限的范围内超越自己。所有的人都要沿着自己的轨迹积极也罢、随着惯性也罢地走下去。大富靠命，小富靠勤。

但文麒对这样的论调并不感冒。虽然目前所能做的，只有撑下去完成釜山的学业。他只相信自己的命运是掌握在自己手中，可以被无上限改写的，自己是经过努力就会成功的，因为那么多白手起家的案例不仅发生在每天新闻头条中的那些社会中的一小撮人身上，也发生在自己的身边，他们可以，自己为何不行？因此，他倒是没有被眼前的处境搞得郁郁寡欢，而是选择将手中的盘子洗得越来越干净，传单投放得越来越准确。同时，努力学习，广交朋友。憧憬着在毕业的那一天，将处于最佳状态中的自己，呈现在职场前辈的面前。那时候，自己的生活状态定会发生质变，也会多一些时间去做喜欢的事情。

朝发轫于苍梧兮，夕余至乎县圃；欲少留此灵琐兮，日忽忽其将暮；吾令羲和弭节兮，望崦嵫而勿迫；路漫漫其修远兮，吾将上下而求索。文麒在狭窄依旧的五平米小房间里，重新开始了尽管暂时辛苦，明天却永远充满希望的异国生活。

他对自己新始的九月用了一个“乱”字来概括。一是因为语言，即使是在国内，也有因为语言而误会的时候，换一种语言，又暂时不精通，误会就更多。二是因为体制，韩国的高等教育，学生的自主权很大，课是自由选择，不选也可，可以轻易地休学、复学、退学，一切像是吃自助餐，这让在国内被辅导员领导习惯了的文麒感到有些无所适从。不过兵来将挡水来土掩，随着时间的转瞬即逝，所有的问题也将迎刃而解。

九月，也是签证到期的时候。

续签要求是成绩基本可以，缴纳完学费的账户里还被要求剩下一百万韩元以上的余额，来保证他能够继续正常生活着将书念下去。规定只是要求账户里有就可以，钱真正属于谁不过问，也无从过问，于是这项要求是个简单的博弈。文麒缴纳完学费后，从董轩泽那里借了一百万存入账户，续签完毕，第二天准时汇还，又一年的合法居住权便到手了。

而校方的公告却表示须剩下三百万的存款余额方可顺利续签，这是学校在尽力美化本校的国际学生留给法务部的印象，以便日后可以更为顺利地拿到招生权——经济越保证，自然也许就会努力学习，而一般来讲，就不会再去犯罪而扰乱社会的正常秩序。这是学校于学生和法务部之间的另一个博弈。

63

文麒接到了首场比赛任务，韩国男子足球最高级别的联赛——K 联赛，蔚山现代队的一个主场比赛。地点是位于釜山北部城市蔚山的蔚山世界杯体育场，他的任务是亲抵现场，负责比赛的信息采集。其实，这是日本地下博彩公司的现场即时信息采集工作。日本某地的电话打到文麒的手机上，他再使用中文现场传输数据，例如，主队黄牌、客队角球、主队危险、主队安全等。日本的博友们随着庄家公示的，文麒传送过去的数据或捶胸顿足或振臂高呼。再往深讲，但凡这样的博彩公司，或许或多或少都和球员或教练存在着利益关系，以将足球产业向畸形方向发展而产生的利益最大化。

涉及地下博彩业，成了“帮凶”，文麒觉得自己或许做了一个腐化社会的寄生虫，如果真的如此，他将深表歉意。

九十分钟的比赛五万韩币，在当时的韩国劳务市场行情下，相当于在农场砍一天白菜或者在工地做一天苦力的劳动所得。

经济基础升级了，文麒便发誓要更加努力地形而上地创作。尽管暂时能力有限，文采也一般，但困难在业精于勤的态度面前永远无力，成功永远事在人为。

文学之于他，用理想和梦这类词语形容起来不为过，而更多的时候也是他的一个寄托。每当夜幕降临关掉房门将自己隔绝在五平米的小屋里的时候，写作便成了他调节纷乱思绪的唯一的，也是最好的手段。

他对朋友说自己已然“胡乱”长到二十五岁了，无任何成就，但绝不甘心，必须在文学上找到自己的价值，必须在自己的激情尚未耗尽的青春的末期，作为一名正在告别青春的八〇后，必须做出巨大的闪亮行为，做一件崇高的事情，对自己的人生角色做一个至尊的定位。

报球得来的一个月二十万韩币是对生活水平的补充，让他可以暂时没有太多顾虑地写作。

当然钱是不可以只“够花”的，人总得未雨绸缪，于文麒来讲，最近的就是假期回家休养生息所需的路费；远点来说，明年的学费，毕业典礼时接父母过来所需费用，和所有人一样的，未来结婚所必需的车子、房子也尚无着落。如今不论韩国还是西安的八〇后女生们，条件稍微好点的，也要求丈夫月入最少五六个亿韩币。

于是，文麒又通过朋友找了一份送水果的工作，一周两天，一天韩币三万五。收入偏低的体力活，偏低也做，因为想挣钱又暂时找不到好工作，识时务者为俊杰。

令文麒深感钦佩的是，不但这位水果店的老板讲得一口流利中文，和他一起干活儿的一个伙计也能阅读英文报纸。老板年轻时代可以说是学贯东洋；伙计大学毕业，英文流利，业余喜欢打棒球，开现代轿车。文麒又想起有次在釜山地铁站聊过几句的一名自称留学东京八年，日文随口就来的电玩店老板。社会竞争如此激烈，他想以后会不会出现这么一个景象：若干年后，自己在位于西安市某繁华地段的一家韩国料理店里，以该店老板的身份，向光顾本店的客人们述说自己曾经留学韩国数年，拿到了博士学位。

64

奋斗是一个漫长的，一点一滴积累的过程，其中的艰辛往往不在身体，而在心里，那么，无心，便可无坚不摧。

生活依然依着惯性向前迈进，文麒在这个看上去偶尔混沌的世界里继续迂回。

这所学校里有一些人和文麒是不同的，尽管同为炎黄子孙。学校中秋周年庆典宴会上，他们高大健壮、五官俊俏，卷发在额头前耸起，兴奋地挺立着；名牌西装革履，彬彬有礼。她们有水莲花一般白皙细腻的皮肤，她们浓朱衍丹唇，乌黑的披肩发，犹如黑色的瀑布，悬垂于半空；披金戴银、五光十色。他们是来自中国的公子与富家小姐。用当今中国人流行的话讲，他们是来自中国的“高富帅”和“白富美”。用韩国人的话说，那就是他们的家里都是中国的财阀吧。

当文麒交完房租账户便归零的时候，他们可以不费吹灰之力地藐视韩国的物价。当文麒穿着从国内带过来的旧衣服泡图书馆的时候，他们身着布里奥尼、阿玛尼和杰尼亚，她们用着香奈儿、迪奥，和韩国甚至日本朋友一起吃喝玩乐。当文麒在不得不精打细算一袋十公斤的大米能吃多长时间的时候，他们在思考釜山哪一家夜店最有趣，哪一家的韩式料理最有名，哪一家意大利餐厅最高档。当文麒下班搭乘十一路公交（双腿），回到家精疲力竭地打开自己那狭小的考试院的房门的时候，他们开着大众、丰田，载着珠光宝气的碧人四处寻找高级酒店。

当然，中国国内还有很多已经考上了大学却读不起的才子佳人，学习成绩并非出类拔萃的自己却出了国，还一帆风顺地读到了硕士。可尽管这样，人总是觉得自己下面的世界于己无关，而上面的世界就在眼前，因此他还是憧憬着迅速地毕业与就职，渴望可以早一点地去过一过更为“奢侈”的生活。

现在的他，每天穿着两年前从中国带来的干净却陈旧的衣服，吃着超市里的打折蔬菜和泡面，在五平米的房间里休息、学习，靠自己的双腿，或者铁驴儿上学、打工，日复一日，年复一年？

革命道路充满了艰辛坎坷，但这个不要紧，就怕方向错误瞎努力。按照他对自己硬件方面的设计，学好韩国语和汉语言文学，再读一个相关专业的博士，拿到一个公信，那时候，哪怕是通过海投简历的方式，找到一份对外汉语教师的工作，也应该是不存在大问题的。虽然从目前来看，草根的春天尚未到来。

文麒想起朝鲜半岛的谭君建国神话：

很久很久以前，上帝桓因的儿子桓雄总是盼望到凡间有所作为。桓因知道后，俯视三危太伯（长白山），说那里适合“弘义人间”。于是桓因授给桓雄天符印，命他下凡。桓雄率领徒众三千人来到太伯山顶神檀树下，这里是神市。桓雄带领风伯、雨师、云师，主管谷、命、病、刑、善恶等人间三百六十余事，治理世间，他被称为桓雄天王。当时有一只熊和一只虎，同穴而居，常向桓雄祈求，愿意变成人。桓雄给了它们一炷灵艾和二十头蒜，告诫道：“尔辈食之，不见日光百日，便得人形。”那只熊和那只虎得而食之。虎不能坚持，没有化作人身。熊变为女身。熊女找不到婚配的对象，便时常在神檀树下祈祷，表示愿有孕。桓雄于是化为人与之婚配。孕后生子，号曰檀

君王俭。檀君于唐高（帝尧）即位五十年庚寅，建立国家，号叫朝鲜，史称古朝鲜，建都阿斯达山（今弘达山）。相传檀君治国一千五百年，而后隐居于阿斯达山，成了山神，活了一千九百〇八岁。

在国内读大学的时候，郁闷之时，便会跑去食堂的西北角，要两瓶啤酒，再来十几个串儿，或独斟独饮，或举杯邀灯泡，喝得面红耳赤，最后摇摇晃晃回到宿舍，噩梦连连，第二天醒来，伤心依旧。来韩国以后，一是因为成熟了，实践证明借酒浇愁愁更愁；二是因为作为一个国际领域的贫困生，在经济上是没有资格享用美酒这种可有可无的饮品的。而现在，随着对韩国生活的逐渐适应，随着财路的渐渐增多，不知什么时候开始，他喝得起酒了，但不是又要借酒浇愁，而是想要进入希腊神话中酒神狄俄尼索斯的状态，主宰醉人的力量，主宰快乐与慈爱。

俗话说，啤酒伤胃、烧酒伤肝，戒酒伤心。

董轩泽建议文麒给生活注入一些希望，于是文麒买了在韩国的第一张彩票，当作佐料调解下无味的人生。

然而意想不到的事情发生了，他居然在第两天的开奖名单里找到了自己的号码。获奖总额：十三亿韩币，约合一千多万人民币，明日领奖！

他乐以忘忧。

他用不曾有过的最快速度通知了家人，老爸在那边不知文麒所云。于是他镇静地再一次告诉父亲，爸，有钱了。

他定了一张最贵的，后天直飞西安的机票，他要迅速将这笔钱转移回国内，因为据说大奖之后最理智的首要任务就是逃亡。

随后又通知了董轩泽和刘哲铭并要求他们严格保密，一人发三百万韩元，下周到帐。

生活实在是太出人意料，文麒心脏病都要出来了。

65

这时候，文麒手中的奖券开始斑驳，并以缓慢却不可逆转的态势向周遭蔓延开来。渐渐地文麒睁开眼睛，原来所有的所有是一场春秋大梦。“别刺激我。”他蒙住被子试图重回美好的梦境，“至少把别墅一买，豪车一开，找到一个美丽可爱的女友，享受几天舒坦日子再醒来吧……”

可即使是做的梦，也是失去便不再回来的，头痛不止、辗转反侧，再也无法入眠的文麒还是被迫起床，然后习惯性地打开电脑。欢迎画面结束之后他猛然注意到屏幕左下角的时间是下午一点十分，而今天的课是一点整开始的。他平静地关掉电脑，提起书包跑出考试院。考试院到学校还有三站路的距离，学校是异常严格，每一次微小的失误都可能造成毕生遗憾，最起码，算你缺勤、让你挂科、客观上为自己创收，最终使你无比无力地接受推迟毕业的黑暗结果还是没什么问题的。

文麒喜欢来自现实的刺激。

不幸中万幸的是，恰巧校车来了，又恰好刚到考试院的门口，让文麒得以成功挑战人类极限。一点二十二分的时候，气喘吁吁，顶着一头乱得像草一样头发的文麒在众目睽睽之下，狼狈地走进教室。距离由迟到转化为缺勤的临界点还有三分钟的时间。

课还是继续开始听，生活就这么又继续下去了。坐在第一排惊魂未定的文麒仿佛还沉醉在刚才的梦境里，杂念迭出。明天就要交房租，明天账户里的余额即将归零，明天即将千金散尽还复来。

66

时光流转到二〇〇八年的三月。

文麒终于通过了所有的韩语考试，拿到了入读专业课的资格，坐在了当初所选专业——“中国学”所在系的课堂上。研究生的规格果然有所不同，比起本科时的大班教学，如今身边的同学往往只有不到十个人，教室也变小了，有时甚至直接改在教授的办公室，一边和教授喝喝茶，吃些点心，一边在轻松又愉快的氛围下，吸收一些新知识，提升一下境界。

看着教授们因妙语连珠又滔滔不绝而显得相当强悍的样子，文麒一阵觉得自己将来要想成为这样的人，谈何容易。

教授们是土生土长的韩国人，所以理所当然地讲着一口心安理得、底气十足的韩语，同学们来自韩国的全国各地和中国的五湖四海。有男有女，有老有少。在这里，构成了一个新的小团体，一个新的国际化的归属。这里的“官方语言”是韩语，通用中文。这样的环境，文麒习惯成自然了，有时候会觉得，自己日后如果回国，还能否很好地适应全中文的职场环境。自己现在这个“中韩合作产品”，未来将不知究竟属于何地。而未来的事情不好说，某种程度上，受限于能力，对现在八字没有一撇，生米还未做成熟饭的他来讲，也无从谈起。于是文麒又会悬崖勒马，果断停止操前卫心，自己跟自己换话题，想一想目前的一些近期目标：自己的底子是中国一所师范院校的中文系，来韩国，就是本着对外汉语的理念，要掌握扎实的汉语言文学基本理论和知识，受到中国文学、比较文学、韩语言文学、中韩比较文化等方面的基本训练，熟练地掌握韩国语，要具有从事语言或文化研究的基本能力，然后做一个合格的对外汉语教师。

而此时的文麒似乎对自己的这个规划有些失望。何为师范，在他一踏进陕西省那所著名的师范院校的时候，就被告知做我们这一行的，要学高才能为师，身正方可为范。自己学高万万不敢当，身也没有正直到可以做他人典范的地步，而自己自从飞抵韩国釜山之后，也越发堕落在了成为教师的路上。不是人不努力了，是做老师的目标不那么坚定了。理由很简单很庸俗，上了快二十年学了，对学校产生了严重的审美疲劳，腻了。他急切地想尝试点别样气息，况且，文科的教授，会很有钱吗？现在的文麒讨厌常言所道之“君子固穷”，非洲的那些因为贫穷带来的灾难让他不敢再为似乎是在为贫穷开脱的所谓道义而献身。贫穷不会带来精神上的富足，只能带来生理上的毁灭。他是无神论者，认为精神会随物质的毁灭而消亡。贫穷或许会催生出人想要迫切改变现状而努力进取的斗志，但也会阻碍人的发展。司机师傅没有钱买车，还怎么拉客。

而讨厌并没有让他找到新的目标，厌倦了走教育路线的文麒一直以来还是很没有创意地活着。每天的大部分时间里，做着谈不上是非常感兴趣的事，主要精力投入在机械的忙碌上，尽管这种忙碌可以让他忘记一切，但也令他无法创造一切。他想，也许所谓的平凡之人，就是这样被社会一个个雕塑成型，却难为大器。他喜欢看赵宝刚的那部《像雾像雨又像风》，里边的上海大亨杜云鹤动辄就要将人装进麻袋，扔进黄浦江。文麒想如果现在自己手里有几个兄弟，就让他们把穿着潜水服，背着氧气瓶的自己，丢进汉江，受受刺激，醒醒脑就可以了。

文麒感到自己如今是真的长大了，当年的同学，重点中学那些分秒必争的猛男猛女们、大学时代校园内凉亭边山盟海誓的善男信女们，如今，

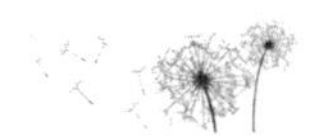

工作的工作、结婚的结婚，偶有继续深造的，也已经马上毕业开始实习了。每个人都在自己的人生旅途中迈进新的时代，并在崭新的道路上越走越远。而也许唯有自己依然漫无目的地在成功大门的外边独自徘徊。他不知道自己的未来会是怎样的一种状态，能否成功，何谓成功。但还算明白，想做好一件事，靠的不是一时的激情，而在于长期脚踏实地的艰辛努力，以及坚持下去的勇气。并且，除了主观因素之外，还需要许多可改变的客观条件，例如，健康的身体、渊博的学识、一颗自命不凡的小野心以及找得到的兴趣点。

因此，作为一个尚未毕业而又白天认真听课、傍晚努力赚钱、深夜打开电脑编织梦想的留洋学生，文麒觉得自己的未来当然还是充满了多种可能，也就是希望的，那么，前方的路布满的就不是荆棘，而是能让年轻的生活充满活力的各种挑战性。因此，他依旧每日早起、努力学习、同时开始科学地锻炼身体，让自己变得更优质，能够与各式各样生活中总会不期而遇的强手们过招。

67

这一天，文麒的最后一节课是在震惊中度过的。一位虽然没有聊过太多，但也认识了一年有余，一起上过课，听过她数次自然而然的韩文表达的“韩国同学”在课间休息时，第一次对文麒讲了尚略带韩文余音的中文，并表示自己是上海人，汉族，是留学生。

虽然董轩泽说，韩语熟练的人在首尔，在自己的那所名校里有许多，很正常，比他们更优秀的也大有人在，没什么稀奇。但文麒依然深陷于对眼前这位同学的回忆中不能自拔，觉得如果说气质的悄然变化才是融入当地生活的最高境界，那么文麒就认为这位同学的留学的确蛮成功，值得自己借鉴学习。

他以前也遇到过搞不清楚国籍的神秘人物，但那类人一般不是朝鲜族就是华侨，容易理解。此君却是纯汉族血统的同胞，仅仅来韩五年。

他明白了为什么有的同学在公司兼职，在补习班讲课，而自己却在送水果、发传单。

“韩国同学”看上去朋友很多，且其中大都是韩国人，而文麒如今的业余生活几乎完全是独自一人的，不是性格诡异人气低，他待人细心、认真、谦和、知恩图报。只是将几乎全部的业余时间用在了中文写作上，深居简出，得道成仙一般。固然，同为留学生，又希望了解所处环境的自己，有待改善的地方还是很多的。

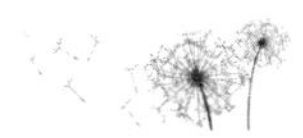

带着对“韩国同学”的残存记忆，这天，下班之后的文麒孑然一身游荡至海边。海运台，亚洲最大的海水浴场。

浩瀚的汪洋让他心旷神怡起来。

几个白人小孩在海边玩沙子，被阳光沐浴着的，稚气未脱、天真无邪的幼小面庞，和被长长睫毛装饰起来的蓝色眼睛。也许白人优越论是正确的，文麒为此深感上帝的不公。

几个韩国男子在玩水上摩托，健美的身躯尽情沐浴着灿烂日光。文麒觉得眼前这些景象都源自于他们身后强大的经济支持，于是他变成了一个十足的“拜金者”，一个拥有爱与骨气的“拜金主义者”。

所有幸福的人都因着各种各样的原因享受着舒适美好的生活，成功自有成功的道理，文麒也没有见过韩语超棒的贫穷外籍人士。

接下来的几周里，文麒基本上以高三一般对得住自己和家人的方式拼命努力。生活充实，状态良好，相当坚信有朝一日自己也定会成为韩语狂人，然后名正言顺地坐进韩国某知名会社的职员办公室，成为大韩民国万千无名社员的一分子。

68

这天，正当文麒用网络电话与国内父亲交谈的时候，电话那端忽然传来父亲异样的疑问，父亲说，房子怎么在摇晃。随后“吱”的一声信息中断。千里之外的文麒不知道发生了什么事，重播一遍又打过去，耳旁却只剩下“嘟嘟”的忙音。

文麒觉得有点奇怪，于是又拨打了父亲的手机，忙音。又给母亲打过去，还是不通。然后他打遍了家乡所有亲朋好友的座机和手机，均为异常而渐渐令人感到有些恐怖的“嘟嘟”的断续低音。

文麒有点慌张，电话打给首尔的同乡董轩泽。

“你别吓我。”董轩泽挂掉电话，“等我消息。”

文麒打开国内网站，一片寂静平和，看不出任何有异常状况发生的蛛丝马迹。

可现实是所有的通讯都被中断了。父亲最后的那句房子怎么在摇晃，让他联想到《星河战队》里男主角与父母通话时听到的父亲最后的那句“这天气怎么了”。

文麒在千里之外的电脑前焦急万分、束手无策。

这时候董轩泽的头像开始闪烁，文麒看到了一个日本的地震情报专业网站的地址，“西安发生了四点五级地震，震中在四川，七点八级。”董轩泽发来这么几行字，“应该没事。”董轩泽最后说道。

上帝保佑，西安只是发生了四点五级的地震。但尽管如此，文麒还是没有完全放下心来，因为这时他通过网络了解到，四点五级地震会使悬挂物摇晃，于是他想到了家中书架上方摆放着的中号伏尔泰石膏像，也因为，毕竟电话还没有接通，并且是他拨往西安的任何一个电话。他不希望有哪怕万分之一的可能性。不过，最终的事实证明，低概率的事件一般来讲，还是难掩它的本色——两个小时后，电话终于接通。

爸爸说家中一切安然无恙，并让妈妈亲自跟他通话，亲耳听到双亲安适如常的声音后，文麒完全放下心来。

这时候，他发现国内的各大网站纷纷登出了最新的消息，消息显示，四川的汶川县遭到了历史上最为严重的自然灾害。

地震所造成的惨烈状况是文麒这代人无法具体想象得出的。他的记忆里只有书本上、电视里和从父母口中得知的片段的唐山大地震和自己初中时亲历的，西安所发生的一次可以忽略不计的小小振动，那一次，因为震动而突然中断的数学课，让他完全没有感到一丝恐惧。

这一次，经历巨大灾难的是和他处在相同时代的，身边的人。他们中有很多人和文麒一样，穿着李宁，玩着QQ，他们中有的人的儿女甚至就在文麒的班里读书。

消息很快传遍全球，韩国最著名的几家门户网站也纷纷在头版头条报道了这一人类的悲剧，据悉，韩国政府也在第一时间启动了对中国的援助机制。

而随后，世界各个国家和地区也纷纷启动了对华紧急援助机制，这其中，包括患难见真情的中国永远的兄弟——巴基斯坦。这个将“中国是巴基斯坦的坚定盟友”写进小学课本的国家，这个并不富裕的国家，却在第一时间慷慨解囊，迅速派出医疗队。此时，他们说得最多的一句话是，“我们希望能为中国兄弟做些什么。”

很快，地震带来的影响也波及了文麒的学校，中国学生们经过校方批准，在校中国留学生会的组织领导下，捐款的捐款，出力的出力。为了给震区灾民筹款，帮助他们早日重建家园，他们在校园里设立了几个临时的中国料理摊位，卖些中国的烤羊肉串之类的小吃。所得收入，全部捐往四川灾区。他们下课以后，便马上开始一天的营业，戴着手套，握着几支串烧的把柄，坐在摊位门前，挥汗如雨，一烤就是一晚上。他们不为别的，只希望自己的这些努力，可以让灾区的同胞早日脱离困境。他们在毫无私心地为汶川做事，他们的力量像一粒一粒的小水滴，汇聚起来，亦可以翻江倒海。而在这几个摊位用餐的各位中韩教师及学生，也是络绎不绝的，他们在思考晚上去哪里会餐的时候，不约而同地将首选定在了这里。

文麒没有捐款，而是选择将这些场景记录下来，写进了他的小说中。因为他明白自己捐了之后马上又得向别人借，真正的囊空如洗会让自己成了帮人不成反被帮，帮了倒忙。所以，觉得不如将这天灾造成的人间悲剧，从自己的视角出发，以书面的形式，详细记录下来，并争取能够很好地注入一些灵魂，可能的话，为后人提供一些参考，让大家可以通过自己的文字，对这段往事做一些追思、反省、预警，以此来尽一些自己的绵薄之力。

与此同时，文麒的西安在不断传来余震发生的消息，这个时候，在西安生活了二十二年的他，才困而学之的第一次了解到西安的地质结构是一整块的，一般情况下，不会有大的地震。而这也是西安历史上为什么会被十三个朝代选为首府的重要原因之一。

汶川地震让文麒见到了许多生离死别的，惨烈的景象图片。他不知道被夹在楼板之间不能动弹，身边只有尘土、黑暗、淋漓的鲜血和无尽的等待的感觉是什么样的，是恐惧，是意识的慢慢模糊，是对生命的无奈，还是只剩下人生中前所未有的绝望，伴随着不知是来自天堂还是地狱一般的寂静。但

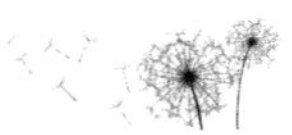

他相信，每一个生命奇迹的出现，都是那个个体对生的强烈追求所至。

强烈地震中逝去的生灵，愿你们在另一个世界里能够安息。关于地震的话题，让文麒再怎么想，怎么说，都难逃沉重。

而这个时候，奥运会很快就要在中国举办了。

69

这天是二〇〇八年的四月二十七日，是北京奥林匹克的圣火由日本长野交接到韩国首尔的日子。首尔的下一站是平壤，文麒很想知道这火炬是怎么从南边传递到北边的，是不是还需要转道北京或上海，这里作为后话。

圣火将于下午两点抵达首尔的奥林匹克公园，清晨六时许，文麒随着学校的中国留学生组织坐在釜山驶往首尔的大巴上。大巴是中国大使馆负责招募的，分摊到学生手里的所需费用和正常价格比较的话，相当低廉。

文麒和每个中国人一样，热爱自己的祖国。这种时候，再怎么木讷的人都会被感动，何况对春秋大义永远保持敏感的他。

巴士在车内中国学生激昂的爱国歌曲声中抵达首尔。国内的那么多承载着爱国主义精神，体现着优秀艺术家们独特艺术魅力的红歌如今到了国外，到了此时，唱起来变得更加亲切感人，汲取得出更多的精神力量，的确有一些“距离产生更美，物以稀为贵”的感觉。

这时候文麒已看得见车窗外的无数面五星红旗。不论是在中国还是韩国，他还从来没有见到过如此多的五星红旗聚集在一起，文麒在手机中记录道：红旗飘飘照首尔。

大巴的自动门在文麒的身后呼地合上，他即刻感到一股强烈无比的中华气息迎面扑来。此刻，文麒眼前只有令自己感到无比自豪的国旗组成的红色海洋和各式各样洋溢着中国留学生才华的中文条幅。

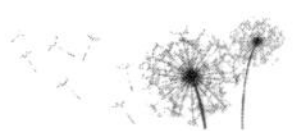

队伍向着首尔广场行进的时候，路边有个韩国大叔问了一下肩膀上扛了一面绘有北京奥运标志的大旗的文麒：你是汉族，还是朝鲜族?

文麒答曰是汉族，大叔点了点头，微笑了一下，然后友好地继续观望。

70

下午一点，祥云火炬开始在首尔市区传递，文麒所在的队伍，于终点站——首尔奥林匹克公园内，不安静地守候。顾拜旦在他预言性的演讲中指出：“从现在起，火炬手接受了火炬，也接受了传递奥运火焰的神圣使命。让奥运圣火在青年一代的手中相互传递，让全世界的青年都时刻准备着，将奥运圣火传遍全球。”

文麒的眼前是一片群情激昂，手中挥舞国旗的在韩华人们，或者轻浮又庸俗无比，或者温文尔雅、憨态可掬，但此时都有着一个共同的目标，保护火种。五星红旗在年轻人荷尔蒙作用下表现出来的特有的热情中，染红了广场。

71

时光流转到二〇〇八年的夏天。这一年的夏季奥林匹克顺应了中国人的超级大国梦。众所瞩目，众望所归，也包括了每天忙于打工、上课、做经济噩梦不食人间烟火的文麒之流。林妙可委婉动听的、宛如天籁的《五星红旗迎风飘扬》让他的泪水悄悄地充盈眼眶，因为自己的父母都是土生土长的中国人，自己也出生在中国，并且在这里度过了接受新事物最佳年龄的青少年时代，所以中国元素永远会是自己的归属，生是中国人，死是中国魂。

五星红旗代表着自己的祖国，祖国是文麒的根基，只有往根部浇水，小树苗才能成长为参天大树。

此时的文麒在狭窄依然的空间里独自感动，没有任何力量能阻止中国前进。

由张艺谋导演的开幕式显示出一种崇高的美，充满了奇异的力量，盛况空前，欢声雷动、高朋满座、九州同庆。此刻的中国是世界的焦点，天佑中华，北京加油，中国加油。在接下来的半个多月里，中国的骄傲们过关斩将、高奏凯歌、势如破竹、兵来将挡水来土掩地在很多领域不断开花，北京城的晚上永远张灯结彩。

72

奥运会结束了，文麒的生活依旧，一周去报一场球赛，间或送几天水果，没有找到别的工作。球赛的工作堪称是史上最轻松的，只要你想，就是躺着播报，身边也不会有老板对你横眉怒目。且报酬在留学生中也可谓相当之多，九十分钟可以拿到将近三百人民币。而不足之处是很不稳定，一旦迟到，或者将比分报错，就会立刻遭到解雇。但公司远在日本，发钱的领导与前线的员工并不见面，因此，在哥们的操作下，换个名字继续报即可。

而送水果就没有那么轻松，需要像企鹅一样晃晃悠悠地将一箱箱的新鲜水果用一个小推车挨个送到家家户户，早上九点上班，干到晚上八点左右，才可以脚疼着坐上回家的地铁，报酬却比报球还要来得少。但文麒还是坚持干了下去，因为稳定，因为闲着也是闲着，主要因为钱不够，何况还可以锻炼身体磨炼意志。

独自生活一年了，他开始史无前例地享受自由潇洒，关上房门便可以隔绝掉一切烦恼，犹如置身世外的感觉，也没有什么孤独的味道，莫非是跟村上学会了把玩寂寞。

硕士课程相当的难，有一门课的教材采用的是高本汉著的《汉语音韵学》，即使是中文专业出身的文麒，也要一页看上十遍才能朦胧懂。同时，据上海来的一位研究文字学的教授讲，此学科属于绝学，除了传授给别人以外，几乎没有什么别的用处。

顺利发表[1]就可以通过，虽然即使通过，也仅仅不过是无涯学海中又树立起了一个微小的里程碑，但一点一滴的正确选择，积累起来，即可将努力的青年送进胜利之门。

① 此处指在班里的，仅针对一门课程的期末答辩。

73

刘哲铭终于利用时间的威力摆脱了他的爱情枷锁。从他的言语与行为中找不到了失落与绝望。而那个女人也终于消失在他的生活里，带着从刘哲铭那里骗走的二百万韩币。

还没有出过象牙塔的文麒只觉得自己和刘哲铭已然是身在江湖，却无潇洒侠客般的快意恩仇，只看得见一幕幕的刀光血影。

关智渊在日本博士肄业去了香港，华丽转身为月薪三万港币的项目经理。关智渊的光辉形象，总让文麒的脑海中浮现出青年才俊这在自己面前仿佛、但只是仿佛总显得那么无力的四个字。

董轩泽在首尔蒸蒸日上，又拿到一笔奖学金不说，还当了中国人打工者里的头目，即将毕业，和女友的心也在一起，未来是一片幸福的曙光。他说，毕了业老子要和媳妇去美国挖金矿。

欧阳信在日本开始了一段恋情，一个与他同班的西安女孩儿。看着欧阳信给自己传来的照片，文麒的心变得空荡起来。

去了上海后很久没有联系的金承勋告诉文麒，他现在的生活很好，和徐婉婷结婚了，会考虑移民上海。

再回到刘哲铭，地狱般的苦闷之后，他枯木逢春，成功签到一家釜山的公司成了上班一族，尽管还是实习——可这已经足以让除了报球还在送水果出力气的文麒羡慕万分了。渴望毕业希望获得自由的那股欲望更加的

膨胀起来。可自己的那一天依然遥遥无期。

自己依然是一怀揣着穷酸理想的留学生，自己只是一只有理想的猪。

这个世界能够实现理想的人不多。这也许是因为造物弄人，又或者是因为自己那事实上是甘心碌碌无为的小人物劣根性。

而人人都有理想，就像人人都想登上高山之巅一样，毕竟“一览众山小”的感觉无比美妙。所以科学家、工程师、亿万富翁、作家、明星等成了每个人从小的奋斗目标。只不过谈着容易做着难，理想的得以实现就像爬山一样，只有具备超强的体力、非凡的毅力、坚定的信念的人，才有成功的希望，只有具备了聪明的头脑、科学的方法，也许还有点运气的人，才有可能成功登顶。所以，在人生的道路上，真正实现理想的人，是比较少的，而大部分人，最终实现的理想是大打折扣的，是无可奈何的。

文麒有一个冠冕堂皇关于文学的理想。可写出来的东西常常基本上都是狗屎一堆，作品里表达的观点往往没过几天就首先被自己推翻。

当然了，他也不会那么容易倒下，坚强是他一贯的品格，他永远都记得一句简单的话：没有任何力量可以阻止自己前进。

文麒发现，但凡成功人士都有一个共同的特征就是拥有超乎寻常的心理素质和抗压能力，他管这些东西统称做无畏。却无限失望地逐渐发现这两个字在自己的身上至少目前并没有生根发芽。

每到这个时候，他就会疯了似的灭掉灯光，去拼命钻研一些乱七八糟，却都多少怀揣着某种冥顽不灵力量的各色电影，没命地试图在自己身上发掘某种冥冥之中与生俱来的所谓创作潜力，兴起之时，呷一口清酒，再将音响的音量调到不会让房东听到的无限大，让自己在狭小黑暗的空间里暂时目空一切，将自己的作息规律保持到与蝙蝠侠吸血鬼同步的水准，以此期望可以在精神上心理上完全体味到艺术的真谛，并将自己内心的那股若隐若现的热情燃烧至最大化，但效果却每每不尽如人意。

自己还是自己，前方还有很长的路要走。

时年已然二十五周岁的文麒尚且远不及同龄人的韩寒和郭敬明，只是为了衬托精英而必须存在的一个微不足道的草根写手，甚至或许连草根都还算不上，只是一颗还比较有韧性的小种子。担当了感谢有我，把各位都衬成了帅哥的角色。

文麒回头看看自己已然度过的七百多个身在朝鲜半岛最南端的日日夜夜，回想着由自己充当扮演着的多种角色——研究生、水果派送员、足球信息采集员、饭店服务生、瞬间的建筑工人、家庭教师等……再想想自己不知不觉间，在学生的层次中，从一个小跟班，逐渐成长为现在的一个老大哥，偶有感慨时光匆匆的冲动，却无丰收的喜悦，因为在前辈面前，自己依然一无所有。铁一样的事实证明自己尚处在资本的原始积累阶段，虽然不至于见得到鲜血，但至少也是汗淋淋的，而眼前唯一能做的，也还是只有那个提起来有点令人审美疲劳的行为——人们一般称它为坚持。

他是一名统招学生，却不知道自己究竟是学院派还是实战派，但恍惚地认为，学院派固然汇集了一批社会精英，占据着最为优良的学习资源，但遗憾的是，即使是纵观历史长河之悠悠，实战派的成功率却也是很高的，有时，光彩超越了学院派。例如过去的曹雪芹、袁世凯之于王式丹和当今的韩寒、郭敬明之于荣文汉。究其原因，只能说自古至今的部分学院派或许犯了骄兵必败、固步自封以及在既得利益面前患得患失，圈子层次及性质单一，视野狭窄，条条框框等禁忌，而部分实战派却因祸得福而得以能够以更加包容的心来面对整个世界，像一匹没有被驯服，“无家可归”的野马，反而可以尽情地驰骋在广袤无垠的草原，最终在战场上战胜了曾经的胜利者。

74

刘哲铭在来韩五年之后，终于过上了相对舒适的生活，釜山的一家会社每个月发给他一百五十万韩币，并免费提供住宿。

这天文麒正在课堂上看着面前的教授无比强悍地给自己传授着绝学，刘哲铭一个电话过来问他晚上要不要去走走。

文麒说，好，哪里见面。

刘哲铭说，晚上我到你那去，哥们聚聚。

晚上，刘哲铭出现在文麒的面前，明显容光焕发，再没有一丝上次来釜山因为女人而颓废失败的样子。

女人么，换一个不就好了，最好的永远是下一个。

“走，哥带你玩玩儿去。”刘哲铭说，“这么多年了，你会枯萎的。”

“我们去练歌房吧。”文麒说道，语气尽量做到自然，用以掩饰自己发自内心依然在苟延残喘的抗拒。“我知道 XX 路附近有一片练歌房，我们去那里吧。”

明显看穿文麒的刘哲铭给了他一个鄙视的眼神，“男人别缩。”说罢点了支烟，“走。”

釜山的夜色是那么迷人。不停闪烁着的霓虹灯下，是追逐着更为精彩的生活的匆忙的人们。在这灯红酒绿，斑离繁华的夜色里，文麒和刘哲铭来到了釜山最大最繁华的色情一条街。

传说中刘哲铭是经验丰富的。于是文麒逐渐又反过来跟着他拐进一个地势稍微偏僻些的小练歌房内。

店里的气味有点怪，空气中弥漫着香烟、啤酒与或许是某种体液的混合味道，让文麒窒息。在四周震耳欲聋的歌声里文麒和刘哲铭被安排在一个小的包间里。包间和普通的练歌房没有太多的区别，由很多小屏幕堆成的一个巨大影像里是韩国的某某著名组合的疯狂演奏。

文麒和刘哲铭坐定之后进来一个满脸堆笑的年轻男人，刘哲铭看到他就问有没有小姐。

“有，有。请稍等。”年轻男人娴熟地推门而出，不一会儿便领进来两个浓妆艳抹衣着性感暴露的韩国女子。两个女孩都很白，一个个子稍微高点，金色头发，眼影很重，眼角很长，很酷；另一个是齐肩的烫发，虽然也是浓妆，但眼神有些涉世未深的学生气。

两个女孩子上来就挽着刘哲铭和文麒的胳膊一口一个“欧巴”。

得知他们是中国人后，金发酷女由衷地说，“中国人好有钱啊，我真想去中国。”

“那你会中文吗？”刘哲铭问道。

“不会呀，哥哥教我吧，她会，她是中国人。”金发酷女指向旁边的齐肩烫发。

齐肩烫发也坦诚地用中文说：“二位大哥好。”

“哦。”仿佛身经百战的刘哲铭按灭烟头，“换人。”然后直白地说，“不好意思，我们想找韩国人。”

文麒这时候说道，“算了，让她陪我吧。”

齐肩烫发听罢便坐在文麒这边，对他用韩文说了声谢谢。

“没事儿。”文麒其实对这个女孩毫无感觉，而且也当然更喜欢酷酷的韩国女人，只是自不量力地突生恻隐之心，感到大家都不容易，自己这么

做也是一件好事。

刘哲铭很快进入状态，调皮地将金发酷女的吊带儿摘下。初来乍到的文麒却只闷在震耳欲聋的歌声中一点儿一点儿地喝着啤酒，倒是女孩儿挺主动，一会问你是从哪儿来的呀，是不是第一次来这儿玩呀，一会儿夸文麒长得帅，手指修长像女孩。然后出于对文麒的感激及自己的职责所在，主动拉起他修长的手，放在她白净可人、均匀圆滑的胸部上，令文麒魂不守舍。

文麒想起自己以前看过的一个帖子。帖子写得很真实质朴，那个女孩子说，本来自己也是一个有梦的丫头，来到韩国后却被金钱俘虏而出卖了自己的肉体。每天像神经病一样喝得烂醉唱歌陪笑脸，兼作情人，偶尔出台。用她自己的话说——我会让所有的人看到，我可以。我靠自己，哪怕是身体，也是我自己的身体。

这样地方的人也未必就那么乌烟瘴气，大家都只是为了生存而已。或许还会显出更多的真诚。

文麒喝不了什么酒，一瓶下去便很不好意思得过了三巡。

三巡倒在其次，这里的酒水还会很贵，文麒制止了可以在酒水里拿到提成而即将要按电铃，继续叫疑似洋酒的那个韩国小姐，拉着刘哲铭出了练歌房。

大脑里还残存着练歌房里的音乐声，喧闹的街面在文麒看来却是那么的宁静舒爽。

社会有时就是这样地面无表情、漫无目的。在生存面前，首先被丢弃的，往往是平日里一再被推崇着的尊严。文麒不觉得自己和这些陪酒的女孩子有什么本质上的区别。

75

文麒的思维跳转到了已经圆满结束的奥运会。中国巨龙给世界带来的不是龙卷风，而是龙腾虎跃的发展。

对北京来说，通过举办奥运会，提升了城市基础设施水平、整个北京的现代化水平及中国人的自信感。新建的竞赛场地、奥运村，新增的地铁自动售票系统以及新型公交等，让北京的发展水平和欧美发达城市的差距得以加速缩小。北京、中国香港、青岛、上海、天津、秦皇岛、沈阳六个奥运会举办城市都从筹备到承办过程中获得了类似效应，并为全国其他城市的发展做出榜样，为它们未来的发展铺平了道路，发扬了同为祖国大家庭中一员的大中华民族主义精神。

同时，通过举办奥运会，中国人增进了与世界人民之间的友谊。城市、国家和人一样，要发展，一靠能力，二靠朋友，能力自不必说，朋友呢，除了发小与同学，要交朋友，唯酒桌与共同爱好耳，奥运会是一个中国与全世界的共同爱好。

不是任何一个国家都能举办奥运会的，这需要巨大的实力做后盾。因此，奥运会的成功举办，也是世界对北京，对中国的一个认可。

奥运结束以后，忽然地，毫无征兆地，人民币势如破竹般的升值了。

这一天，文麒去银行的自动取款机里拿家人从国内给自己打过来的学

费时，发现同等数目的人民币兑换出的韩币的数目，增加了三成。

问了一名亲切可人妆化得相当精致的女银行职员，被告知今日的人民币兑韩币的汇率已经比上次提高了三十个百分点。

这样一来，文麒以及文麒们的生活质量被提高了百分之三十，可以少做些庸俗的工作，多些时间搞些高雅的事业。当然，如果继续这样下去的话，薪水也会打折。可是人有时候也要适当地活在当下，眼下还是不错的，如此一来，至少文麒们的学费够了。

文麒也便欣然微微傲视了一下韩国的物价，说了一些关于花钱的大话，当然只是轻微的，就像是一只蚂蚁喊出了气吞丹田，在人类耳前依然是一片万籁寂静。因为自己不论如何还是穿着加工单一的运动服，吃着泡面，住着五平米，乘着十一路公交，而韩国同学还是耐克、鲍鱼、新建大型 ONEROOM[①]、跑车。所以做人一定要时刻看清自己，永远要知道天有多高，地有多厚。

一石激起千层浪，逐渐地，在韩华人们，都开始热烈讨论起许多有关汇率的议题来。希望现状带来的利好，可以维持到自己扭亏为盈的那一天云云。国内倒没怎么听到太大动静。这其中的原因也相当自然，中国国内的大街小巷上除了炒外汇的，有谁会一天到晚去让人民币和外币发生什么串联呢？没有接触，自然也就感受不到至少是直接的影响。

而身处国外就不同了，人民币的一涨一落直接影响到自己手中外币票子的厚度和硬度。最直观的就是有的中国学生是带着国内的银联卡过来的，而在韩国的自动取款机上只能取出已经自动按照当日牌价被兑换的韩币，于是取款机上显示出的余额便随着利率的波动而起伏不定。

人民币不断升值。而大约也是这么个时候，韩元又开始贬值。一升一

① 韩国一种较为舒适的出租屋。

贬，让人民币兑换韩币的汇率创下一个个惊人的新高。而文麒因为如今身处韩国，受了韩国人的教育，将来还有可能正式融入韩国的经济生活，所以也随着韩国经济的不景气而感到了一些危机感，但主旋律仍然在期待着“长城经济奇迹”的到来。

同时，他也希望，韩国会挺过这次的汇率动荡，因为自己在这片土地上播撒着越来越多的青春年华，而也正是韩国，成就了现在的这么一个会讲韩语、独立生活及生存能力显著加强、硕士生的自己，这里的水土风物、人情世故，像一丝丝细密的根茎，在自己的心里越扎越深。

76

虽然写什么都没有用，但还是决定弄一点东西出来，这是坚持。

想写写自己过去的十年，大脑中却只是一片浑浊。但没有错，我就是胡乱地活到了眼下的二十五岁。

十年前自己是一个纯粹意义上的傻B，但尚有热情。很简单，很单纯，有一些懵懂的世俗，最高理想却是做一个艺术家。还记得当时不切实际地想要去日本，学习动画。

十年过去了。多了许多烦恼与秘密，卷发的我，飘落他乡，讲韩语，高谈阔论，前途未卜。

十年里，与许多的人相遇，相知。了解了别人，也看清了自己。

失望有很多，绝望与幻灭也很多，但还好现在还并不想要因为那些东西去做什么极端的事儿。

喜欢过一些别人，现在想想，虽然失去了一些东西，还号称是永远性地失去了，但也不至于去后悔。

也没有什么传说中的那种冥顽不灵的力量，但现在凡事基本可以做到去积极抗争。

还有热情，也还有理想。我想这个比较好，至少还会去积极，而且也越来越积极。

现在也变得不那么容易忧伤，忧什么伤呢？未来会更好。

现在有一些理性的自私，但在这里想说，朋友们，我在某个特定的状态下还是会非常想念你们，也很希望你们可以生活得更好。

现在也还是很简单吧，也很普通。没有过上理想中的生活，还是会去羡慕别人，偶尔喜欢一下别人。

但还是会继续加油，加油吧。

文麒　二〇〇八

时光很不客气地流转到二〇〇八年的末尾。考试结束了。文麒在这个学期里，兢兢业业认真学习几乎是史无前例地拿到了一个全勤。而一般来讲，全勤便意味着至少态度良好，再加上文麒本身所具备的一定功力，这学期所选择的两门绝学的通过问题还是不算太大的。而通过便意味着可以继续享受外国人的半额奖学金。

文麒决定回一次国，有点累。他觉得自己需要调整，劳逸结合。

行李收拾完毕。为了免去回家时的房租，他将剩下的家当转移至同在釜山读研的两位西安的同乡那里，自己打道回府。

两位同乡是文麒的初中校友，后他一步来到韩国，一个叫郑卫鸿，另一个叫时光。郑卫鸿高高的个子，文质彬彬，戴个眼镜，局由我定。时光稍矮一些，相貌清秀，喜欢抽烟，所到之处，喷云吐雾。两人和他一样，为了前途，告别家乡，漂在釜山。三人你帮我，我帮你，互相依靠着，度过在海外的每一个关口。

坐一夜的火车，他又来到了首尔，很快，文麒就可以再见到西安了。

船上的感觉依然是那么美好。他喜欢坐在固定在甲板上的长椅上观海的感觉。一望无际的蓝色，好像一匹宽阔无边的蓝绸子，一直铺到天边。

远处望得见几个若隐若现的小岛和海面上，船舷边，一只只忽升忽降飞过的海鸥，仿佛在给蓝绸子绣上美丽图案。文麒站在那里久久不愿离开，任凭冷风吹拂着自己那并不高大壮硕的身躯。

海面永远是平静的，不论海底是如何的汹涌澎湃。

青岛再一次让文麒感受到什么是中国的高速发展。奥运后的青岛明显又进步了一大截：首先，海关的装修焕然一新，干净整洁、宽敞明亮，边检工作人员开始正儿八经地对着自己说“你好，再见”。其次，码头附近的几栋新建的高楼越发有了模样，和原有的建筑群一起，巍然耸立在他的面前，长方体、三角形、圆柱体，参差错落，远近有致，在蓝天白云的背景下，描绘出多种几何图案的剪影。再次，出租车也从一辆辆又小又脏的曾活跃于二十世纪八十年代，如今的某淘汰品牌，换成了如今比比皆是的宽敞、整洁、舒适的上海大众。

这一番繁荣景象，甚至超过我大唐长安了。

在 K172 次的卧铺上度过了漫长的二十小时之后，文麒又回到了西安。高高的天空下，亲切的乡音、可口的街边小吃、熟悉的一栋栋或古朴或崭新的建筑，像是在集体性地向他招手，一边说着：欢迎归来。

77

文麒和父亲在院子里散步。干冷的空气包裹着已经没有一片叶子了的老树，视野里偶尔浮现出几个衣着朴素但得体的手里提着蔬菜的行人。即使他看到的只是平静的湖面，但至少湖面还是平静的。

他感到很安逸，一片祥和。尽管家家有本难念的经，例如，文麒不在的这段日子里，明知文麒出国家庭经济紧张的一个远房亲戚借走了父亲给自己准备的学费，逾期不还且杳无音信，而这仅仅是难念的经之可以忽略不计的冰山一角。文麒每每想到这些，便感到一股由衷的悲凉，而悲凉过后只留下无奈，仿佛到了巴金所说生者远而死者别的境地。

而文麒作为晚辈又能说些什么，又能改变得了什么，他唯有继续朝着自己的目标顽强地前行，即使前方的道路上散布着怎样的荆棘。

没有任何力量能阻止他前进。

西安的圣诞节来临了。西安人让文麒终究不解地欢度着这个“属于”他们的节日，至死不渝地为着心中的那个明摆着的问号庆生，西安最繁华的商业街甚至为它开始张灯结彩。

而文麒现在做得到哪怕是转念即逝的宽容，也许只要可以平平安安地度过每一天，又有什么是值得去计较太多的，况且这个西方人的节日还不知成全了多少西安年轻人的浪漫。

文麒忽然发现街道上的年轻人不论漂亮的还是丑的，高的还是矮的，

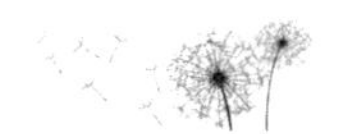

有钱的还是没钱的，通俗的还是高雅的，有一点总是不约而同，便是他们都是成双入对的。

有了爱人终日滋润无比的欧阳信向文麒方向发来自己在西安时女同学的照片数张，但不是女方对文麒没有万能的感觉，便是文麒自己觉得与某某女孩的节奏不会吻合。

人生就是如此，文麒自觉得也许会变成一个超级剩男。“什么叫会变成剩男，你几年前都已经是剩男了，替你着急。”董轩泽发来这么几个字。

好在文麒这人生性还算稳。不上街看不到那些男男女女的日子里，便也可以靠在床头，安静地去读《约翰·克利斯朵夫》《秋》《东史郎日记》，读他随时想起而手边书架里又能找得到的任何书籍，读到兴头，心里暗暗称快，觉得学文学真是好啊，怎么都不算是不务正业啊。居然也就全无了孤身一人的烦恼。

而在阅读的过程中，也会产生困惑，例如，罗曼·罗兰在《约翰·克利斯朵夫》里说，受苦的奋斗的自由灵魂必战胜一切，翻译了这部巨著，不可能不了解这句话含义的杰出翻译家、文学家傅雷自己却在“文革”初期便和妻子双双上吊身亡，那么战胜了一切的表象是生存还是灭亡呢？这是一个明显的矛盾。人生就是一个矛盾，每个人的一生都无时无刻地在做着自我斗争，在自己骗自己。文麒每每想到这里，便油然而生出一股对信仰的失望。

我已是满怀疲惫，归来却空空的行囊。如果结局真的会是这样，文麒一定会选择现在就掉头转航。可没发生的事情，永远都是无常的，不能太乐观，但也无须过于悲观。他选择遵循着父亲大人的方法论，默默地做着手中的实事，一天又一天，一年又一年。并祈祷着最终可以过上幸福的生活，祈祷着纵使历史将自己选择成了某个不被社会接纳的角色，也可以凭借着自己的实力通过某种机制成功转型，重新变成一个对社会有用的，至少可以处于一个金字塔中间阶级以上的社会的一分子。

78

文麒收到了菱悦如的短信，她也回到了西安。

他约了菱悦如，在一家快餐店见面。在他的眼中，快餐店也有许多优点，因着它们不约而同的干净，悦耳的流行歌曲，对于学生来讲不多的消费和被允许的无期的座谈时间。

很久不见……三年了吧。文麒穿着一件还算帅气的深蓝色呢绒大衣，对面的菱悦如染了褐色的头发，眼影上翘，涂着粉色的口红。身着一件黑色的呢绒收腰大衣，成熟，漂亮了许多。现在又加了些韩国的味道，在人群中显得是那么的突兀。尽管之前已经见到过了照片，但活生生地站在文麒面前的时候，还是让他不由得紧张了下。

“变化挺大。”菱悦如看着文麒，那些文麒熟悉的性格中的得体大方又自然地显露出来。

“哪里，你才是，我都不好意思了。”文麒甚至有点不自然，但还是镇静地微笑道。

文麒要了两听可乐，又点了点薯条和鸡翅，两人找了个安静的地方坐下来。

文麒对面的菱悦如是那样的清丽，那样的楚楚动人，瀑布一般乌黑的披肩长发，完美无瑕的小麦色肌肤，眼睛通透而明亮，虽说总是淡淡地看着文麒，却总有种说不出的明澈。淡雅的黑色呢绒长衣，紧束着的腰带，

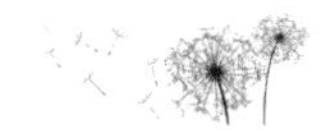

无不散发着成熟而又不失可爱的，妙不可言的女性气息。

“过得如何?”菱悦如问道。

“还行，就是还和以前一样懒。”文麒说。

“论文怎样?”菱悦如又问。

“头疼，缺乏兴趣。”文麒简单回答道。

“你不问我?”菱悦如再问道。

“正准备问，想问的太多，一时不知从何谈起。”

“放轻松，待我徐徐道来。”

他们并没有互相开设成功学讲座，只是简单地总结了一下之前的生活。如今，又同在异乡为异客。

文麒和菱悦如很快便找回了过去的聊天默契，虽然如今的默契已经无法意味出曾经的憧憬。

菱悦如聊个天都依然出口成章，她的闪闪发光掩盖了周围所有的嘈杂，也让文麒渐渐地丢弃了初见似的些许紧张。

文麒似乎又回到了大学时代，那个让他在四周完全安静下来时，偶尔会想要回去的过去的单纯时光。当然这是回不去的，他也不会这么真的这么没有出息。

话题不知道何时转移到了个人问题，又辗转到了菱悦如。

菱悦如说她有了男友，是一个首尔大学的硕士，北京人，一表人才，很幽默，很有能力，是某国企的驻韩代表，平时，也做一些投资。很有钱，而且是自己赚得很多的钱，且对她很好。

文麒越听越失落。

“你呢?”

“我还一个人，一天吊儿郎当。”

“哎，你还小，我是女的，现在着急，你不一样啊。”

“也是，我还行吧。怎么看上他了呢？”文麒故作不痛不痒地问道。

“也没有什么特别的理由，在身边呗，大我五岁，挺照顾我。”菱悦如呷了一口可乐，蜻蜓点水一般地说道。

“照顾你的人多了去的吧。”

“也是呀，哥们真了解我，我也不知道有多少。”菱悦如平静地说道。

文麒听到自己已经被明确降级为“哥们”，心头顿时飞过一只乌鸦，但为了高瞻远瞩，将希望留在未来，还是挺住了，语气轻松地继续问道，“什么时候领证？”

“离那境界还远。也就是他人在我身边，综合条件也不错。还算谈得来，现在就在一起。”菱悦如看着文麒，慢条斯理地说道。

“不考虑韩国人？”

“韩国人对我还不错，可是我爸爸不喜欢，他讨厌沟通障碍。再说，我才来韩国多久啊，也暂时没有遇到合适的韩国人。”

……

天色已晚，送走了菱悦如，文麒独自走在回家的路上，内心涌出些许感慨：难道幸福与自己无缘？

教育世家的孩子，大学子弟，留洋硕士，面容清秀，虽然作为一个男生来讲，个子不太高。也许这些还不够，更也许自己跟菱悦如本就无缘。

回到家的文麒感到一种异样的不适，他不知道那是什么，又或许是单相思：胸口发闷，好像是胃疼，好像是饥饿，却又了无食欲，而更多的是对菱悦如的依恋。

这些异常的反应让已经经历了许多的文麒感到奇怪，他一度很有自信地认为自己是不再会为了这些东西而伤心难过的了——看来自己是错了，那些判断也许只是源自于自己现实生活中爱的缺失，抑或是尚未脱离青春期的幼稚。

对文麒而言，她依然是一个太出色的女子，出色得让自己难以自已，

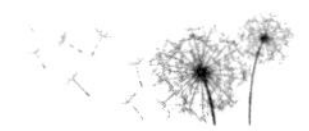

而这一切却又和自己没有了半点关系。

菱悦如最后说，她在首尔有个中国小师妹，没有男朋友，如果文麒有兴趣，可以介绍给他。文麒凭直觉拒绝了她的好意，也许是因为自己还没有将她从心中永久删除。

79

假期如梭，转瞬而过。文麒又回到了青春的战场——釜山。

情场失意，战场得意。韩币依然没有出现回升迹象。手中的两万人民币不费吹灰之力一下子变成了四百六十多万韩元，而在不久以前，只会有三百万韩币而已。

于是，文麒开始了自己不同于以往的，别样的韩国生活，没有打工的留学生活。

韩币贬值下物价骤降的烧包的留学生活，是文麒从来不曾有过的。在经济能力瞬间升级的刺激下，他意气风发，短时间内花掉了对自己来讲的“很多”人民币，买了一点名牌运动装备，尝试了许多这些年来不敢去尝试的东西，这几乎是他长这么大最为奢侈的一段日子。

当然他无论如何都还不是有钱人，如果和那些无论在何种等级的平台都可以潇洒自如购买所需的，真正的阔绰子弟相比的话。

他的内心也并未因为经济问题的暂时缓解就变得很快乐，尽管短时间的高消费至少让自己看上去很美。自从和菱悦如在西安再次分开后，他偶尔会再给她发一些深入简出，只言片语的短信，但未见回复，而纵然没有回复，还是在习惯性地每天确认手机的收件箱，在找各种理由为不回复的她，以及总是想在手机中寻找奇迹的自己开脱。

80

这学期文麒有了指导教授，指导教授姓许，斑白的头发，双眸炯炯有神，是个言谈间让人感觉和蔼可亲的老先生，看上去很美。有了师傅，也就有了同门。师妹两名，师姐一名，除文麒之外，没有别的男生。这样的局面，文科的文麒早已习惯，如今只不过是延续到了硕士。师姐是博士，便是女博士了，姓金名文，中国的朝鲜族人，不是多么的灭绝，思维敏捷、扮相潮流，今年差一岁不到三十，已经和一个韩国人结了婚，拿到了永居权。两个师妹其实是和文麒同期的新生，只不过年龄小他两岁。二人看上去均给人一种冰雪聪明的感觉。一个个子稍微高点，相貌平平，名叫刘梦洁，一个偏矮身高，不过身材还算玲珑，名曰沈丹。身边多了新人物，文麒有一种新生活到来的心旷神怡的感觉，他躺在考试院的房间里，井底之蛙似的望着狭窄的天花板，有了一点久违的憧憬。

初次见面后的第三天，文麒被沈丹唤去一起吃饭，同往还有金文前辈和刘梦洁。

到底是同门，文麒感到了一些亲切。同门，便是同类吧。

金文前辈硕士的时候便已师从文麒已经见过的那位和蔼的老先生，于是在后辈们面前，对于许教授的了解，便显得权威出许多。

“咱教授人挺好，但也不要忘了逢年过节送些大礼给他哦。”金文前辈不得不地说道。

“我们明白了。”听前辈这么说，文麒们虽然颇感负担，但鉴于前辈及自己的境界，仍然持肯定态度地表示道。

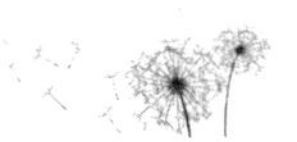

81

“总是不完美。”一天凌晨，拉拉丽莎发来这么几个字。

“人生不如意事，十常居八九。不完美是常态，接受了，也就平静了。有梦就好。”文麒说。

“我把自己的梦埋在心里作为了爱好。”拉拉丽莎说。

“我也是吧，不知道这样的自己能不能在……小说上成功。”其实，此刻的文麒心里满是菱悦如，但又觉得一个男人如果常把女人挂在嘴边不是光彩之事，便没有提及。

“我以前也爬过格子，杂志上发文章，后来发现辛苦一个月的稿费不如一场演出赚得多，就不写了。”显然拉拉丽莎没有，也无法透过网络完全看穿文麒的心，这样说道。

拉拉丽莎是文麒偶然加到的一个网友，照片上的她，小麦色肤若凝脂，海藻般浓密的栗色长发，发尾微微卷曲，像随风飘舞的柳枝，悬垂于半空。眼睛通透明亮，犹如一泓清水。嘴不点而含丹，眉不画而横翠。是一个从大学开始，一直在做音乐，玩乐队的文艺女青年。现在被“招安”了，成了一名独自漂在祖国伟大首都的一个俄文翻译，常常跟着中企去俄罗斯、哈萨克斯坦等东欧俄语国家出差。求学时代办过演出，看照片，看文章，有一点点朋克倾向。文麒与她虽然于梦幻色彩较浓的网络世界相识，但彼此都不约而同地选择并做到了至少是精神上的信任。

“命犯世俗。”拉拉丽莎说。

命犯世俗，是啊，我也是。文麒继续想道，“命犯红颜。”

“红颜祸水。有一个爱我的人，甚至都去世了，而且就在我的眼前，在车祸面前，推开了我，放弃了自己。”拉拉丽莎说。

“哦……那是很严重，真的。”文麒看到这些字，有一点震惊。

过了一会，他又觉得有所突破：“这是单恋的极致吧。”

瑕不掩瑜，尽管既抽烟又喝酒，但没有妨碍她成为一个美丽、纯粹的女文青。在文麒看来，谈吐幽默，做事常常出人意料，玩过乐队的翻译拉拉丽莎是个不普通的女孩，同时又是个普通的女孩，也要经历那些所有人都会遇到的诸如求学、求职、恋爱等的考验。

在经历这些考验的过程中，非凡的人和平凡的人一样，会有刻骨的伤痛，但他们的伤口再深，也能咬牙坚持住，继续前行。

好好活着就是幸福，既然依然健在。文麒几乎忙碌到思维模糊的专注于生活之中。尽管他的目光已经开始浑浊。但他的小说，依然坚定前进。

文麒依旧是吸血鬼，是蝙蝠侠——每到夜晚头脑就无比清晰，而阳光永远让他丧失灵感。

他的桌子上多了烟灰缸和绿色的烧酒瓶子，房间内被他放满悠长的音乐，那些旋律令他感受到完全的自我，那个时候的他才是真实的自己，而不是任何一个在无数人面前的那个无数形态的自己。他只是一个普通的人。有七情六欲。有歇斯底里，有绝望，有顽强。

这些都没有用，只是宣泄，只是无病呻吟。文麒知道这世界是瞬息万变的，唯一不变的只有踏踏实实，唯一一定要做的就是踏实努力。

过了几天，不知为何，拉拉丽莎突然消失了，再也没见她的头像亮起来，也许这就是抓不住手的网络，但文麒却依然不觉得她只是一个和自己毫无关系的、虚幻的江湖过客。因为，他喜欢她空间里的那些有品位、有

深度，可以让自己安静下来的音乐和她写得那些各种有趣的文章，随意点开一页，都会令自己饶有兴致地阅读一番：

写字也多余，喝酒也无味。

不过快乐就像牛奶，挤挤总会有的。

去了南京，去了江西，去了铜陵，去了合肥。

健忘，还是一如既往，昨夜还历历在目的开心，一觉醒来，烟消云散，这空虚的感觉让人浑身不踏实，可是缺了又感觉失落。

逃避的方法有很多种，比如酒精。

我告别了酒，还要继续告别那些，我得把它们一点一点都卸了，也许到头来却发现已经融化在身体中。

可我想看看赤裸裸什么样儿，也许是一坚硬的核，也许就粉碎了。

反正怎么着都得再把它拼凑起来，就像打不死的变形金刚，组装，再组装。

打台球打到伤自尊，KTV唱到头昏昏，旧友新知，似乎每个人身上都有让我欣赏的一部分。

时间太可怕，我忘了太多的事儿太多的人。

忽然觉得回忆是一挺美好的东西。

但别让我在街头再擦肩而过那些消失的故人，一眼瞬间的滋味都别留。

今年的生日过得巨平淡，我几乎忘了这个特别的日子。

猫咪买了美味的蛋糕，我直接把蜡烛扔了，不想再许愿，都是骗小孩子的，不是吗？

卓邮寄的Zippo[①]，老刘送来的Anna sui[②]，还有一些其他心意，加上一束快递送来却没留署名的鲜花。

我送了自己一个新发型和一个新文身，也许它们会带给我力量。

跟痞子在长江边给我聊天聊弱智了，坐一平的车里给我聊郁闷了，跟凯子在都市花园给我聊诧异了，跟小曹在茉莉餐厅给我聊麻木了。

男人们的烦心事儿不比咱女的少。

于是我换了凯子传的手机铃声，The gala[③]的《Young for u[④]》，那首著名的京腔英文摇滚歌曲，傻里傻气又油里油气，不过听上去朝气蓬勃，挺好玩儿。

失眠不要，烦恼不要，还是漂漂亮亮一脸明媚的年轻着好了。

弱弱地说上一句：不然，还能怎样。

呆头傻脑地跟着朋友的车在外地狠狠的美丽冻人了两天，走在灯火阑珊的街道上，看看陌生景色呼吸雨中空气，通体舒畅。

一个人逛街也挺好，自在到失去任何伪装。

哪怕大雨，哪怕寒风凛冽。

白天晚上也许我有一百种模样，只有写出的字，才是最彻底的我。

所谓物极必反，就像孤僻的极致一定是无比开朗，就像痛苦的极致一定是放肆欢笑。

脸冻得红红的我，黑皮风衣黑丝袜黑高跟鞋，打着伞叼着烟，伫立在街头，烟熏妆加上被风吹散的蓬松卷发，显得颓废凌乱。

湿漉漉的地面映着五光十色的霓虹，一群陌生的老爷们儿在远远的反

---

① 英文，芝宝，著名美国打火机品牌。
② 英文，安娜苏，著名美国彩妆品牌。
③ 英文，意为一场聚会。一支北京的英式乐队。
④ 英文，意为为你年轻。

复盯着我。

于是我乐了，要是拿单反拍下这画面，应该会很好看。

瞬间的美景我最喜欢，真实，天然，偶合。

就像两个人相遇又相别在街头，就像鱼相望又相忘于江湖。

一路上我怎么都在哼五月天的《拥抱》，琢磨着阿信的这篇歌词，心里忽然觉得温暖。

要走了，回北京了，要撇下一个多月来这么些肆意的愉悦和寂寞。

不舍，又能怎样。

听说北京暴雪，我那一身黑色装扮，看上去冰冷又妖艳，迷人能拿来抵挡自卑，却不能拿来抵挡风寒。

没关系，冷我不怕，没关系，我的心渐渐热起来了。

明天，就像手中的烟，夹杂着郁闷，虚空，愉悦，风度。

我做我自己的 lighter①。

负重的轻松，轻松的负重。

燃烧吧。

保持温度……

---

① 英文，此处意为引燃者。

82

文麒的内心坚持认为，人应该好像一头勇猛的巨兽，永远奔袭在这个世界上，没有任何力量可以阻止它前进。除非这力量实在太强，要了它的命。但即使没命了，它的灵魂，也会继续追寻着自己的幸福。

尽管，有时也会觉得，如果一个人，比如自己，脑中时常浮现“塞翁失马焉知非福”这句古语的话，是否也意味着此人的马丢得有些多？和那些业已生活在金字塔顶端，五光十色的同龄人相比，自己的过去和现在是那样的单薄与渺小。并且，如果说比自己出色得多的人还付出着超过百分之百的努力，那是否意味着纵使自己也那样地，甚至透支自己地努力了，也还是赶不上他们？虽然，谁也不知道明天的答案会是如何，每个人也都有着自己的祸与福。

83

什么是命运，人定胜天，还是顺天者昌？二十六岁贫困潦倒，独自奋斗在异国他乡釜山的自己，一无所有的自己，要受得了穷、立得了品、做得了事的自己该走向何方？文麒很迷茫。而既然还活着，便不能浪费时间，时间是不能浪费的，做好自己所能做到的所有。不要再继续自己对不起自己。他的目光变得浑浊，尽管心已然明晰。

某一晚的酒后，有一点醉的文麒去了海边，夜晚的，漆黑的汪洋的余波拍打着文麒的脚面，让文麒能够感受得到那股来自自然的，不可抗拒的真正的力量。

他离开沙滩，漫无目的地在海边的建筑群里游荡。这里布满了各式各样的旅馆，酒店和耀眼的霓虹。这里有形形色色国籍不明的各色人种：西洋人、东洋人，文麒。他们都在追逐着各自的不知能否实现的梦想。

不知何时，一片红色的灯海映入文麒的眼帘，一个个红色的橱窗里，或者端坐，或者站立着各色身着性感到了极致的舞蹈服装的艳丽女子。他没有多想，走了进去，让自己淹没在这片人的本性里，还好身无分文。

84

Through early morning fog I see 穿过晨雾

The visions of the things to be 我看见的景象都成了幻影

Their pains are all withheld from me 我能看到

I realize, and I can see that 所有的痛苦离我而去

Suicide is painless 自杀是没有痛苦的

It brings on many changes 它可以带来很多改变

And I can take it or leave it 我可以接受或者放弃它

If I please 如果我想

The game of life is hard to play 生活的游戏一点都不容易

I'm gonna lose it anyway 无论如何我会输掉它

The losing cards are ill some day lay 我一手的臭牌总有一天要摊开来

So this is all I have to say 这就是我要说的

Suicide is painless 自杀是没有痛苦的

It brings on many changes 它可以带来很多改变

And I can take it or leave it 我可以选择或者放弃它

If I please 如果我想

The sword of time will pierce our skin 总有一天时间的剑会穿透我们的皮肤

It doesn’t matter where it begins 不管从哪里开始

But as it works its way on in 当这个过程开始

The pain grows stronger, watch it brim 痛苦会越来越深，从伤口溢出

Suicide is painless 自杀是没有痛苦的

It brings on many changes 它可以带来很多改变

And I can take it or leave it 如果我想

If I please 我可以选择或者放弃它

A brave man once requested me 曾有一个生活的勇者问我

To answer questions that are key 一个很重要的问题

Is it to be, or not to be? 要生存，还是死去

And I replied, oh why ask me? 为什么要问我呢?

Suicide is painless 自杀是没有痛苦的

It brings on many changes 它可以带来很多改变

And I can take it or leave it 如果我想

If I please 我可以选择或者放弃它

And you can do the same thing 如果你想

If you please 也可以做同样的事情

文麒迷上了一首英文歌，来自于一九七〇年的一只英国乐队 The Mash①，名字叫《Suicide Is Painless》②。

多少自己曾经无比珍惜的东西，现在已经平淡如水，平淡到自己在描述它们的时候，几乎开始含糊其辞。

真爱——永远得不到的爱。理想——永远不会实现的想法。活着——

① 英语，麦芽浆。
② 英语，自杀无痛。

时刻并存着死亡的一种状态。友谊——可能会突然消失的一种情谊。奋斗——被逼无奈的挣扎。挣扎——苟延残喘的努力。完美——只能用来追求而永远无法拥有的美好。生活——为生存而活着。

缘起缘灭，如有生就有死，失去的东西便再也回不来。这一点，文麒相信。

未来的日子，如同卸了妆的女生，想都不敢想。

菱悦如也回到韩国了，但文麒不想再见到她，暂时不想再受刺激了。但菱悦如的 QQ 依然联通着文麒，她可爱小白猫头像的闪动依然让他无法拒绝。

85

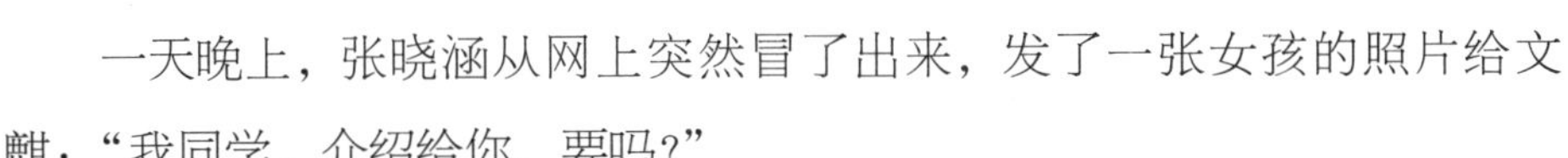

一天晚上，张晓涵从网上突然冒了出来，发了一张女孩的照片给文麒："我同学，介绍给你，要吗?"

文麒只见照片中一名浑身散发着愚昧气息的女子黑黑的脸庞上一双死鱼眼令人匪夷所思地盯着自己。

"兄弟，我这会儿感觉凉飕飕的。"文麒说。

"不要总看余额就行，她这人特善良。"张晓涵真诚地说。

文麒顿时感到受了刺激，没有再说什么，莫非在张晓涵的心目中，自己和这对死鱼眼真是天造地设的一对。

尽管文麒常说所有的女孩都是美的，但以目前自己的境界，还达不到在这方面言行合一。

文麒感到受了刺激，想要与张晓涵之外的朋友交流。

而生活也就是这样，没准什么时候你所期望的事情就会毫无征兆地突然出现在你的面前，比如拉拉丽莎的头像又亮了。

拉拉丽莎消失的那几天里，她的世界里爆发一次战争。两个她身边的男人，为了得到拉拉丽莎的心，"决斗"了，动了粗。

一位是德国回去的海龟硕士，如今在京做公务员，朝九晚五，满怀抱负。另一位是北漂设计师，工作虽然不是很稳定，但颇具才华。动粗的结果是公务员幸运地赢得了拉拉丽莎，倒不是因为打架的胜利，而是因为相对的稳定，而此时的她想要的是安静。

86

面无表情的表情下，隐藏着的也许是活一天赚一天的生活态度，可话说回来，又有谁能预测明天？文麒自嘲并检讨了下自己的生活：总是宅在自己的小房间内，除了上课之外，便几乎不去参加一些可以与外界沟通的，例如，学生社团之类的活动。倒也不是因为兴趣点少，而是因为资金不足，例如，如果参加剑道社团，装备是需要购买的。另外，练习之外的聚餐玩乐，也不会且不能免费的。

需要钱，就去赚。文麒分析了一下摆在自己的眼前的一些可能性，权衡了利弊，重新梳理了一下自己的生活：

如果选择去做饭店服务生之类的体力劳动，虽然浪费了学习的时间，偏离了留学的初衷，经历也写不进履历书，但可以在获得收入的同时，磨砺一下意志，增加对韩国社会的了解。因此，可以去找，但并非随时就有，体力工作，也需要选拔体力较好的人才。中文教师之类的文职，既具备体力劳动所带来的一切好处，又专业对口，还不至于太辛苦，但首先，自己作为一个硕士在读生，在韩国并不稀缺。其次，尚未良好融入韩国社会的他没有过硬关系带来的灵通信息。

赖以生存的球赛又处于休战期的淡季。

所以，分析的结果是，文麒只能宅在房子里，一边看书，一边“坐吃山空”。眼看钱一天天少了下去，一个借了自己五十万韩币的朋友却在申

请延期还钱——说宽了还给文麒。哥们儿，我也不宽呀。文麒心中一阵发毛。

空闲时继续着他的小说梦想，这个总是没什么力量可以阻止的。他的头发留得长了一点，嘴里叼着一只不过肺的爱喜，任何人，任何力量也不能阻止他前进。

文麒不知道自己能不能编写得出美妙绝伦的故事，他只有一份不愿放弃的执着。不知道读者能从自己的文字里延伸出什么东西，只希望可以写出真诚与真相，尽管他觉得，随着年龄的增长，真诚还在，真相已经无所谓在不在了。

可闭门造车是很难取得成就的，小说的功夫往往在小说之外。因此，他也想通过工作而让自己变得忙碌起来。为了小说，为了前途，为了忘掉痛苦与恐惧，为了一切。而如果暂时没有工作，那么便去学习，学习也是一种劳动，灵感来源于劳动。

既然存在，便应该好好活着。文麒开始习惯不去思考那些会阻挠自己前进的东西。不去想那些会让自己颤抖的一切人和事。是逃避也好，总之，文麒觉得这样做了之后的自己状态很不错。

菱悦如偶尔还会以同学兼兄弟的身份，跟文麒联系，这对他们双方来说，也是一种情感寄托，但如今有了不可逾越的底线。这样的关系让文麒进退两难，在对她的态度上，不愿、也做不到革命性地一刀两断，那就要做好准备，去面对深深的绝望。

曾经低落却始终顽强的拉拉丽莎如今终究不再孤单，作为虽然是男性朋友的文麒，仿佛也从中获取了力量。

87

时光总是在不知不觉间流走，转眼又到了学期末。文麒照照镜子，端详了一下因长期熬夜写论文和小说导致的熊猫眼，端详了一下整个学期学习、生活中所遇到的坎坷赐予他的一脸倦容。

文麒又要返回西安，而这个时候，他在韩国的生活也将满三年。

三年，不短不长的时光，却让他难忘。独生子，从小到大没吃过一点儿苦的文麒在韩国体味了艰辛。艰辛让他明白生活并不那么容易，让他更能够去体谅父母，也让他比以往更有自信。

刘哲铭修成正果了，文麒要去首尔和董轩泽一起送别刘哲铭。

他还记得刚去韩国时和刘哲铭一起苦苦等待体力工作的“难兄难弟”的生活，还记得刘哲铭经历过的那些情感纠葛，还记得他们一起被残酷的现实所重创，要一起“去医院”的日子。

过去了，就全部变成记忆。记忆这东西，发生过，但有时又好像于己无关了。

文麒拖着箱子坐上开往首尔的“木槿花号”。箱子的做工很考究，他挺喜欢这个几年来给他增添了不少光彩的拉杆箱子，唯有它，让虚荣的自己看上去像是一个有钱人。

在首尔见到了董轩泽和刘哲铭。董轩泽拿了下学期，也是他硕士最后

一个学期的全额奖学金，每个月还有六十万韩币的研究补助，找到一个同在首尔留学的，仪态典雅、妆容精致的中国的大家闺秀女朋友，甩掉了孤单一人的生活。这时候的他，依旧一贯地精力充沛、勤勉不息、业精于勤、光芒万丈。

“我是很强的人。”董轩泽说。

“在你的带动下，我也是了。”文麒说。

刘哲铭没有神采奕奕，也没有愁容满面。是阅历使然，宠辱不惊，还是只是表面的平静？一身休闲装，撤下了先前文麒见过的西装革履。

刘哲铭明天飞往家乡大连，他离开中国已有八年，游历了欧洲，走遍了大大小小十余个国家，最终在韩国取得了金融硕士学位，也成功地就职于韩国。

他走完了求学之步，将要换一种新的修炼方式，继续自己的生活。

师兄要走了，文麒想起了刚到韩国时，第一次见到的那个韩国化的，衣服上有个洞的刘哲铭。

刘哲铭出关前，又看了文麒、董轩泽以及韩国一眼，那神情透着几分永别。

88

文麒坐上了飞往西安的客机，大韩航空，第一次坐外国的飞机。大韩的机票比国航的贵一些，但经济舱依旧是那么的狭窄，让文麒这样身材并不高大的人也仍然束手束脚。

飞机起飞了，从飞机上往下看，建筑物越来越小；耳朵里嗡嗡直响。飞机越飞越高，也越飞越平稳。文麒望着窗外，窗外簇拥着大朵的白云，千姿百态，有的像棉花糖，有的像蜷缩起来的大白兔。云层上边，晴空万里，挂着一轮金灿灿的太阳。最后，他想起韩寒说过，坐飞机这种事情只是无限接近于某个结果这句话。

文麒脚下没跟儿的感觉逐渐散去，只剩下机舱内隆隆的噪音。还有两小时到西安。他试图换下坐姿，好好看看窗外风情万种的白云，却被自己系住的安全带牢牢箍住。于是文麒将眼睛从窗外移开，准备闭上眼睛小憩下，却发现身边原来的那个糟老头子变成了一个秀色可餐的女孩。

不好意思，我想看一下窗外可以吗？秀色可餐用韩语向文麒问道。

可以。你看吧。文麒解开安全带，让女孩坐进去，自己换到女孩的位子。

谢谢。她对文麒莞尔一笑，将脑袋偏向窗外。

文麒回应了一个微笑，拿起前排座位背部的杂志翻看起来，看了一会

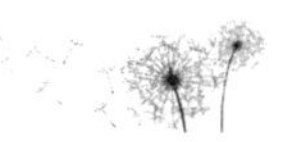

儿又觉得无聊，偷偷瞄了一下旁边韩国这个可爱的女孩，感觉到她仿佛不那么忙碌，便“随意”夸赞道：“你的韩语真棒呀。”

秀色可餐看了看眉清目秀的文麒，“我是首尔人。”她冲着文麒微笑一下，答了一句便噤声了。

“我是西安人，您是第一次去中国吗?”文麒厚着脸皮追问了下。

“你是中国人呀。”秀色可餐让文麒一追，换成了标准的中文：“我在北京待过四年，留学。”

“印象如何?”

“北京有许多银杏树，一到秋天，一片金黄。”秀色可餐形容道。又问：“你呢?”

“我是留学生，韩漂。”文麒说。

“不要太辛苦。”秀色可餐说。

“你不常坐飞机?”文麒看了看脑袋又将要倒向窗外的秀色可餐，“挑衅”道。

“我经常坐飞机。只是觉得，从飞机上往下看，楼房、街道、汽车都变得那么渺小，人们的一切追名逐利与相互斗争瓦解在这片渺小里，仿佛也变得不那么重要了。”秀色可餐说。

“世上本无事，庸人自扰之。”文麒说完，感到一股不可阻挡的疲倦感向前额和眼皮袭来，于是不得不先闭上眼睛，去了梦里。

文麒被乘务员温柔的广播服务声唤醒，飞机已经抵达西安咸阳国际机场，回家永远让他的心里不自觉的产生一种什么也代替不了的小小的激动。

他以自己是一个陕西人而深感自豪。秦朝率先统一天下，秦国的科头军令所有敌人闻风丧胆，他们让秦腔变成了当时中国的官话。

他又回到了家。父母的两鬓似乎又添了一些银丝，看上去，又老了一点，他们体贴入微地将儿子大包小包的行李接到手中，将提前备好的各色小吃端在儿子的面前。

不要停下来吧。文麒决定这个假期不再懈怠，不再考虑乱七八糟的什么爱情，只要进步。已经是二十六岁的人了，依然一文不名。

他认为自己尚一文不名的主要原因是，无法准确、全面地表达内心所想。长期以来，他以中文专业科班生自居，觉得自己是学中文的，应该掌握汉语和中国文学方面的基本知识，通古文，写得了一手好文章和漂亮的字，做得到善于表达自己。在国内的时候，从身边的反映来看，他觉得自己在这些方面至少做得不算差，但现在到了韩国，需要做的一切，都变成了韩文版，每天要用韩文来与外界沟通，其效果便远远赶不上国内了，首先需要解决的问题，便成了韩国语。

于是，文麒在网上找了西安一家老板是韩国人的韩国语培训学校，打过电话，前去报名。

盛夏的西安，天空中悬着火球一般的太阳。阳光从密密层层的枝叶间透射下来，地上印满铜钱大小的粼粼光斑。文麒奔波在自己家乡的土地上，被邻国的学业所牵挂，有些身在华营心在韩，脚下的路，仿佛还在釜山。

见到报名处的接待小姐，询问了几个必要问题之后，文麒获得许可，简单参观了一下这所由韩国人成立的学校：门厅内，东面是接待处的柜台，南面靠墙的书架里，摆满了从韩国带来的各类书籍，西面的一排桌子上，放着一个符合了当今韩国人生活习惯的自动咖啡机，咖啡机的旁边，有两台供学员免费使用的，装有韩文系统的电脑。走过门厅西面的走廊，便是几间设施完备的简单大方现代风的教室。

“这是高级班的老师。”不一会儿，接待小姐领来一个女孩，“她是韩国人。”

这不是秀色可餐吗。

“你好！”文麒打了个招呼。

“啊，你好。”秀色可餐回应道。

“高级班目前就你一个学生，你们先认识下吧。”接待小姐说。

“请多关照。”文麒按照韩国的礼仪向她鞠了鞠躬。“我叫文麒。”

“你好，我叫金熙。”秀色可餐的韩语中仿佛透着几分中国江南吴侬软语的味道。从吴侬软语的味道中，文麒又感受出韩国女孩的那种特有的温柔。

89

生活就是如此，即便你有再多的故事，你经历了再多的苦难，也还是要向生活屈服，在这个社会约定俗成的法则下，展示自己身上那些社会需要的能力，并从中获取可以使自己继续生存下去的生活资料。

文麒尽量让自己活得像个真正的作家。之所以那么做，是因为他永远喜欢这场诗意而既真实又虚假的人间大戏，永远膜拜能将一切统统化为绕指柔的力量，而对力量的追求永远是所有的所有的原动力。

金老师是文麒在西安的第二位韩语老师，前一位是他出国前所报的培训班的老师，也是韩国人。那时候的他对韩国的认知还停留在《我的野蛮女友》上，那时候，中韩两国对他来讲，还是两个完全不同的世界。

这一次则不同，他在韩国生活了快四年，对韩国及韩国人，有了些许了解，以及甚至是对韩国的归属感在自己的身上。

金老师作为和文麒同样人种的韩国人，虽然外貌看上去上没什么分别，但三星、LG 能引起他们的自豪感，而在文麒面前，三星、LG 恰恰是自己和韩国人的临界点。提起这个，一个群体便一定程度上，被分化为两边。

文麒和这个金老师同龄，所以好像都还没长大，或者是长得不够大，所以就交了朋友。平时会一起吃个饭，或者打打台球什么的。而作为朋友，金老师这个韩国女孩在文麒的身边显得很突兀。而突兀就是不稳定的核心因素。

文麒一周五天课，与金老师也就有五次见面的机会。一直是自己一名

学生，对方又是一个年龄相仿既温柔又可爱的韩国姑娘，所以文麒明显上了补习班一个完全可以原谅的当。金老师作为外国人在西安，和文麒在韩国生活的感受有大同小异的部分，语言带来的障碍和独自漂在异国的孤单，充斥着他们的生活。

90

文麒又回到了釜山，韩国。找不到卫生死角的公共场所、大楼内平稳快速的电梯和有序的公共交通以及各行各业到位得体的服务等，让他又感受到了这个国家温暖的一面。

而他，要留在这里继续战斗。

天气凉下来了，秋风瑟瑟，文麒喜欢这个天空很高，很蓝，令自己的心境变得宽阔舒畅的季节。

文麒有几年的时间没有经历过西安的秋天了，故乡的朋友说，如今西安哪儿还有什么秋天，直接就入冬了，在他看来，那是一种懂得却也没有去珍惜的拥有。

二〇〇九年的九月，文麒研究生课程的第三个学期。他要通过学校举行的，毕业条件之一的，外国语考试。要生活，要工作；要抵御得了一切不良诱惑与干扰，兵来将挡，水来土掩。釜山对他来说，是战场。

文麒要继续在这里的生活，五平米大的房间里，默默忍受着贫穷与由此而来被藐视的自己，还要继续地走下去。

不过在这釜山的快两年里，文麒也并非是形单影只，偶尔，他会和自己的几个同门——金文前辈，刘梦洁，沈丹在一起吃吃饭，聊聊天。而系里像着了魔一样，除了文麒之外，几届招生下来，总无别的男学生。他也就成了专业里的男生独苗儿，教授也常常开文麒的玩笑，让他在这些女学

生里挑选一个女友出来。而文麒也总是一笑置之——兔子不吃窝边草，因为早晚都是自己的。

这学期选了四门课，每门课的要求都很严格，对韩语能力的要求也罢，对专业知识的掌握程度上也罢。文麒开始了研究生以来最为忙碌的一个学期，不过人是需要忙碌的。

偶尔，因为冲动，文麒会给金老师发封邮件，却未见过回复。

文麒回头看看，几年的时光里，菱悦如是飘忽不定的，而自己，也随着时间的流逝，渐渐地想不起来了那些真实的曾经。

几年过去，文麒也习惯了韩国的生活，对待韩国与韩国人的态度也渐渐成熟起来，知道了目前调查显示百分之六十以上的韩国人对中国持否定态度，看清了韩国人内心对时下中国产的不信任，但也通过近年来两国元首的友好互访，及民间日趋密切的交流，了解到这位近邻对中国近在咫尺的未来所报以的热切看好与期待。希望这些了解可以为日后的自己带来好的结果。

仿佛看不到未来的小说还在写，尽管努力也收到了回报，第一次小有成就，和一家文学网站签了合同，成了网络“作家”，却随着年龄的一天天增大和网站原本微薄的薪水的一天天被扣，渐渐地失去了当初的热情与执着，佛教说不能执着，执着是苦？执着的他现在时常在打开电脑，想要写点什么时，手指僵住。这是为什么呢？是因为自己的浮躁吗？是因为现实中长辈们言语上的劝告抑或者是打击吗？大部分的前辈是不认可文麒的这种行为的，在他们看来，成为畅销书作家的可能性微乎其微，现在的年轻人，都喜欢看电影，而非小说。与其将精力投入到这种成功概率很低的事业中去，不如悬崖勒马，回头是岸，去努力学好韩语，找一份工作，攒一笔钱，买一个房子，开一部好车，让女孩子知道自己有能力养得起她，然后结婚，生子，在儿子身上，开始下一个轮回。对于这样的劝告，文麒是感激的，也是想要去考虑的，毕竟，他们的身位远远在自己之上，他们已经拥有了那些对文麒来说，还遥遥无期的所有。可是，如果人人都这么想，那些大作家们，那些成功者们又是从何而来的呢？概率低，就不会发生吗？如果不会发生，那么为什么还要去洁身自好，以防止艾滋病的传播？偶尔，会有几个读者发消息由衷地称赞自己的文章，也每每到了这个时候，文麒的心先会有些疼痛，因为觉得自己仿佛已经写不下去了，可读者与朋友的鼓励却每每又让自己的战火与斗志重新燃烧起来。

夜深了，俺又要总结创作了。

目前的阶段是沉淀。

要塑造精致化，并且横向，纵向，由内而外，由外而内的联想。

进入状态快，加入节奏感。

思想境界高。

自然发展，为了热爱行动。

91

十二月，文麒回了西安。

他家的附近有只与众不同的流浪猫。大个，黑白相间，只看上去便有些鹤立鸡群，或者说是虎立猫群。尽管依然是只有点脏的流浪猫，而它也有着自己的非凡之处：别的野猫见了人通常的选择是四散逃命，而它却是喵喵叫着迎上去，然后得到食物，自己吃掉一些，剩下的，让别的猫蜂拥而至。

文麒觉得地球上所有生灵都有自己的宿命，就像他逛超市时见到过的趴在水缸里等死的牛蛙，它们有何过错，只是自己不幸是只牛蛙，还雪上加霜、伤口上浇辣椒水地出生在人类的网箱里。

而它是只猫。如果换一种不幸的方式投了人胎，那么他也一定会是一个王。

他不敢斗胆代表全人类喊个“我们”出来，只想说他也和这些非人类的生灵相同，有着自己还没个人形时便被注定好了的命运。但不论如何，自己终归还是自己。

文麒没有感慨，只有思想与现实，只有光鲜的外表，深刻而不为人知的悲哀，越来越多不可告人的秘密和与人为善的原动力。

文麒的大学室友要结婚了，是他在中国时的大学室友兼兄弟。兄弟吧，在他的宿舍里，拥有着不多的标准身高——一米七五，自来卷，单眼皮，和他一样是个独生子，虽然和他风格不同，但一样地善于表达，和他不一样地有着更好的家庭环境。大学毕业之后，在大家都由龙啊凤啊集体性地质变为白菜的时候，他安安静静，顺风顺水地进了中国石油，现在已经可以独当一面，经济状况也得到了进一步地改善。

兄弟的新房张灯结彩，喜气洋洋，看兄弟那熟悉的举手投足，说话方式，文麒觉得朋友没有变，还是以前那个稚气未脱，为了一些极端幼稚的事情挣来抢去的，睡在上铺的那个兄弟，可眼前，那个兄弟西装笔挺，四周高朋满座，瓜熟蒂落，现实将那时的一个男孩变成了如今已为人夫的男人。

热闹的婚礼结束了，文麒坐在室友两百平米的新房内，想到了自己在韩国独自居住的那间五平米还是租来的小屋，感觉很是受刺激。

如果没有留学，如今自己也住大房子了吧。文麒祝福室友，却也从室友的甜蜜中尝出了自己的苦涩，可最初的梦想依然紧握在手上，怎么可以半路就返航，他已经离开了，回来就是认输，而男人绝不能输。

然而，文麒活到现在，身为男人的理想一个也没有实现，只明白了每个人都有自己的生活自己的路，也懂得了什么叫作贫贱不能移。

学历，学位与人生，金钱，女人对于男人。文麒时而经受不了诱惑，但依然义无反顾地走在自己选择的道路上，不去计较得失。

92

文麒看到一句话，快乐是一种对自己好的思维方式，于是他凡事又都开始境由心造地往好的方面想。虽然觉得有些疑似唯心论和阿Q精神，但至少也承认塞翁失马焉知非福，遂将自己调为“糊涂”模式，倒也做得到轻松愉快地学习韩语。

他想，如果自己可以早一点这样进步，也许就不会有那么多的悲凉，还是自己想得太多了吧，他的一个朋友说，人文的东西如果掌握不好，就会让人变得脆弱又敏感，现在回头想想，仿佛是的。

但他又想这应该是源于自身的脆弱，脆弱才是他的敌人。

他的小说写得不如以前了，人也开始变得平淡。随着年龄的增长，也再不那样地愤怒与哀愁。

现在的他，只是平淡地在生活。

尽管他知道平淡并不代表平凡，尽管他想，自己现在却是在坠入平凡。

93

文麒回到了韩国，这一次是硕士的第四学期。

他要结束了，他由衷地想呼万岁。如果不读博士，他便将要结束自己的学生生涯。来韩国的第四年，学生生涯的第十九年。

学分已经修够，他只剩下一篇也许是最后的论文。已经没有课的文麒，不知道自己的前途会是怎么样，也许快要回国了吧。

当年在韩国互相支撑的哥们儿，董轩泽、刘哲铭、关智渊，在日本的同乡欧阳信，如今都结束了自己的求学生涯，走完了人生的第一大步，全部回到了祖国，在接地气的家乡开始了新的旅程。

文麒不知道自己该如何是好，如今在他的大脑里，除了自己的成果——毕业论文，便只剩下自己的那篇具有理想主义倾向但还不优秀的小说，但他还不知道自己的小说该不该、什么时候、如何去结尾。

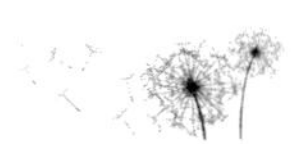

94

在征得他的导师——许教授同意之后，文麒又一次坐上了驶向首尔的“木槿花号”，而这是一次暂时的停留。他想要在毕业之前、如果不读“伯”之前、海归之前，积攒一些海外的工作经验。

许教授本是不赞成文麒此行的，但在年轻气盛的文麒的人生中，还没有怎么尝试过老姜的厉害，便勇于坚持了自己的意见。当然学校也不是牢笼，教授也不是军队中的上级，文麒也因此而得逞。

文麒又见到了首尔，和以前一样，现代化，拥挤。他想了想，大城市，意味着什么呢？更多的机会、无所不能的服务、千奇百怪的人群、嗜血者的乐园。

文麒不是嗜血者，他只是一个温柔的中国学生。

他的第一站是网上找好的一家考试院。带着行李进去之后，呈现在眼前的一番景象和宣传中的大相径庭：狭窄肮脏的阁楼，空气中弥漫着匪夷所思的混合着体液和食物发霉的味道，四周光着膀子，年龄在四五十、六十的房客慢慢地，表情令人匪夷所思地在走廊内踱来踱去。进了房间，里边没有床，只是一个四平米的小空间，本该在墙内的电线，张牙舞爪地暴露在俗艳的大红花壁纸外边，令人怀疑这里究竟还是不是亚洲乃至世界数一数二的国际化大都市首尔。

这就是开始吧，万事开头难。文麒什么也没想，只是给房东留下一半的月租当作违约金，说了声抱歉，便默默地离开了。

文麒在首尔的第一晚在一家小旅馆度过。旅馆远离市中心，内部阴暗的走廊被暗红色的灯光所笼罩，门口的台阶内沿上整齐地靠着一张张印有风尘女照片和电话的小卡片，她们被生活的皮鞭驱赶在夜晚的寒风中。

文麒不歧视任何人，何况风尘女们没有伤害别人，在历史的进程中没有消亡，卖的是属于自己而非别人的身体。不过自己还是算了吧，躺在不知为何地的小旅馆的床上，文麒在稳定自己的心，他现在需要的是平衡。

海外是新奇、差异和独木桥。

现在，没有新奇，别的，也只能确定成为老人之后，不会忘记这块尽管始终都不属于自己，但却留下过汗水的地方。

不会忘记这里的人，只会忘掉一些不好的事。

这就是人生，不求一定会丰收，但至少付出了，努力过。

清晨的一缕阳光将文麒唤醒，他找到了新的住所。这里虽然依然不大，但至少干净，有床，可以生活。坐在新住所的写字台前，摆在他面前的头等大事是制作一份至少是样式漂亮的简历。

文麒的履历里，值得一提的部分除了硕士在读之外，什么也没有了，二十六岁毫无经历的中国留学生只身一人无依无靠在首尔。然而机会就像每天睡醒的那一刻，总还是会到来的，几天之后，在一百个招聘启事上投了简历的他，接到了一个旅行社的面试通知。

这是他生平第一次接到正式工作的面试通知。一个旅行社要招收一名会中文的导游助理，不愧是机会众多的首尔。文麒觉得，在亚洲屈指可数的几个国际大都市之一的首尔，在人才济济的首尔，自己作为一个没有任何背景只身而来的非朝鲜族中国人，哪怕只是在这里参加了一次面试，也算是不虚

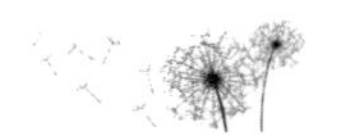

此行了。面试的那天，他西装革履，将自己打扮得光彩照人，干净利落地出现在旅行社的面试官和自己的竞争对手——几个韩国人和中国人的面前。

面试是集体进行的，面试官坐在长条会议桌的顶端，各位申请者包括他分坐在桌子的两边，由面试官问一些问题，申请者逐个回答。面试开始后，两个中国女孩张口就是惊人流利的韩文，然后在被老板问到民族之后，像泄了气的皮球一样蹦出朝鲜族三个字。可尽管不知为何泄了气，实力依然存在；几个韩国人只会简单的中文会话，有的已经自动打了退堂鼓——不会中文没法干；文麒听懂了老板的问题，却因为缺乏面试的经验而犯了个非语言性的错误：老板表示如果录用文麒，文麒对公司有什么要求，而文麒出于谦虚表示没什么要求，听上去既没有自信又暴露了需求感。而除了非语言性的错误之外，他的韩文水平在进一步和面试官沟通的过程中，也迅速表现出了无法与自己的中国朝鲜族同胞相抗衡的“高度”，最终没抱什么希望地打道回府。

分手时文麒还想和那两个朝鲜族同胞说两句话，想问问她们在首尔是怎么生活的，得到的却是冰冷的应付与绝尘而去，仿佛显露出残酷的、你死我活的职场竞争之端倪。

文麒乘坐的地铁行驶在汉江大桥上，窗外是流动的风景。眼前是夕阳下水波粼粼的汉江，虽然没有长江奔腾万里的气势，也比不上黄河波涛汹涌的壮丽景色，但也有着自己独特的风光，淡蓝色的江水缓缓地向西南方向流去，微风的轻拂下，水面泛起了鱼鳞似的波纹，是那样的温柔，那样的恬静。江面上漂浮着一叶叶鸭子形状的小舟，船上的人有的在谈情说爱，有的在钓鱼。几艘轮船在江上行驶，激起层层的浪花。尽管事实上还没有工作，但眼前的一切，还是让西装革履的他找到了一些在首尔江南区，这个首尔的重要商业区，这个众多跨国企业办公室所在地，无数韩国乃至世界青年的梦想之地，当上班族的感觉。

95

果不其然，文麒得到的是杳无音信石沉大海的回复。而此时，从他抵达首尔开始，时间已经过去了十五天。郑卫鸿说，一个月内找不到工作就回来吧，回到适合自己的环境，不要在尽管是高水准的平台，但没有自己位置的地方浪费时间。董轩泽说，就好像中国球员留洋，与其在国外打不上主力甚至上不了场，还不如在中超老老实实地好好踢至少是正式的比赛。这样的话在文麒听来，有一些道理，但毕竟都是粗线条的，具体到现在的自己，并没有切实的证据能够证明自己无法在这里生存，也没有具体的定律表明某人在某段时间内不行，就说明应该怎么样做才正确。因此，他想再试试。

时间一分一秒过去，时间。文麒焦急万分，但着急显然是没有用的，任何事情的处理都是需要支出时间去等待缘分的。

没有工作，就好好学习，也只能好好学习。对如今的他而言，韩语总归要加强，毕业论文也还是要写的。

一个人在首尔的文麒，有时候会在饭后的傍晚，出去散散步，调节精神，缓解寂寞。他的住所位于首尔的朝鲜族聚集地，附近有很多中国来的朝鲜族，文麒走在街道上，甚至基本上十个人中就有四个来自中国的延边。现在的文麒能分辨出他们的口音，首尔人、韩国人说话时的语调比较柔和连贯，好像中国的南方话，而朝鲜族的延边口音较为粗犷豪迈，属于

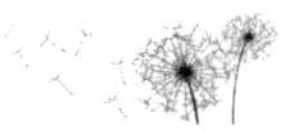

北方风格。街道的两旁，也时常见得到“延边烤肉”和“草原羊肉串”等正宗的中式餐厅。走在路上，会偶尔看到三三两两结伴而行的，浓妆艳抹，三十到四十岁左右的女子，看看街道两旁除了各式餐厅便是四处林立的十九岁以下不得入内的成人练歌房和按摩店，她们的职业是不言而喻的。不论在哪里，只要有男人存在，色情业都是最稳定的，生命力最强的，野草最烧不尽的产业，因为她们向男人们提供了他们生命中最大的乐趣。

他们之间的交流不用中文，而用他们的韩国语延边方言。不论他们是朝鲜族，还是韩国人，不论他们在想什么，做什么，他们之间有什么砸断骨头还连着的筋，又存在什么难以调和、甚至不共戴天的矛盾，在汉族的中国人文麒看来，总之，这里永远还是朝鲜人的世界。就算有恨之深，也是爱之切造就的。

在找工作的间隙，文麒偶尔也会去首尔的几所著名高校的校园里溜达。夏天的校园里，鸟语花香，绿树成荫，清凉，幽静。这里是远离浮躁与喧哗的一块净土。走在校园里那郁郁葱葱、翠色欲流的丹枫叶下，能感受得到几十载韩半岛学术界顶尖权威的智慧气息仍在穿梭流动，厚重、深邃。这里汇聚着全韩国乃至全亚洲，甚至全世界的顶尖学子，他们是未来社会的希望。

时间又过去了一周，在首尔，学历不算高，韩语也不算灵光的文麒几乎尝试了所有的可能性，但依然没有什么好的结果。还好他还算平静，每天早起，做一点美味吃掉，看看有没有新的招聘启事，继续投投简历，看看书，然后出门溜达。不沮丧，纵使求职之行快要变成旅行。

没有等来通知面试的电话，等来了南非世界杯。四年一度的世界足球盛宴开始了，身为留韩学生又是球迷的他觉得就算没有工作，看一看韩国队的比赛和早有耳闻的“红魔啦啦队”[①] 一起为韩国队加油，也会蛮有趣，于是，决定丰富自己的夜生活，在每天的忙碌之余，加入到他们的队伍中。

凌晨的首尔广场聚集了众多全首尔乃至全世界的俊男靓女，他们头上戴着闪闪发亮的红色魔鬼犄角，脸颊上绘制着霸气飘扬着的太极旗，红色T恤衫的背后印着韩国的原版英文名——COREA。

韩国队是亚洲表现最稳定的球队，这一点是他们用行动证明了的。韩国队在世界杯历史上多场与世界强队的对决中，比如说，一九八六年墨西哥世界杯上二比三小负意大利，九四年美国世界杯二比二战平平西班牙，二比三小负德国，都给世人留下了非常深刻的印象。作为同样是黑头发，黄皮肤的文麒，也是为韩国队的表现感到激动的。而这一次，他们在预选赛中的成绩是七胜七平，是亚洲区唯一一支保持不败的球队。

韩国队拥有许多在欧洲知名俱乐部效力的球员，例如，锋线上的朴智星、李青龙、朴周永等，作为来自足球运动发展欠发达的亚洲地区的球员，他们都是突破了世俗框架，逆天成长过来的人杰。当然，如果想成为一支强队，除了锋利的尖刀，还需要一面铜墙铁壁般的防守后盾，相比之下，韩国队的中后场知名人物少了一些，门将位置除了三十七岁的老将李云在，也暂时没发现有别的天才被选拔出来，老李虽然在二〇〇二年韩国本土举行的世界杯上发挥出色，但生活就像开车，后视镜固然重要，但最重要的还是向前看。现在年事又攀新高的李云在，面对强大的欧美球队，还能不能、会不会重复当年的神勇不得而知。

而比赛的过程与结果，让文麒不得不再一次由衷地为韩国队加油，向韩国队致敬。这一次，韩国队凭借真正的实力，历史性的在海外闯入了世界杯的十六强。

---

① 韩国国家男子足球队的啦啦队。

十几天之后，没有中国队的世界杯结束，文麒的首尔之行也要准备画一个句号了。始终没有什么确定的职位属于自己，说明自身的实力无法与这里众多的优秀人才相抗衡，那么最好的选择原来是继续修炼。

站在首尔人难以享受得到的可以自由转身的釜山公交里，文麒感受到了一种相对意义上的归属感，尽管这里同样不是他的家乡。

96

一番纷乱冗杂的准备与瞎操心之后，文麒坐在了硕士毕业论文答辩会中，答辩人的位子上，他从台下许教授鼓励的笑容中收获了一阵紧张。

和自己同期答辩的两个学妹——沈丹和刘梦洁亦紧张得面红耳赤，声音变味，大气不敢出一口，生怕读错一个字。

毕业了好几次，最近的一次在昨天。
不会忘记眼神。
我也不愿去伤感，
为了那些“一文不值”的后会有期。

97

二〇一〇年的冬天，没有在韩国成功就职的博士生文麒带着一脸倦容回到了西安。

看不到好的前景，又没有毅然回国的勇气，他只好又申请了本校本专业的博士。打算摸着石头过河，既然尚没有海归的打算，那么为了签证也罢，为了更好的未来也罢，为了“逃避”也罢，在经历了又一段精心准备及险象环生的考核之后，文麒被顺利录取。

博士生的文麒看看镜中的自己，还是和以前一样的，烫着一头黑玉般卷发、面庞帅气。仔细端详一下，眼神仿佛不太一样了，好像有一些人精的感觉了。尽管这种感觉也许是假、大、空的，是虚无缥缈的，是尚未转化成一分钱的，他还是单纯地油然而生了一点淡淡的成就感。

董轩泽学成归国以后丢掉了自己的专攻，投身了矿产开发事业，如今生意做得有声有色。“再待下去你就傻了，兄弟。”他对文麒说。

“我没有办法啊。”文麒回答。

“你不和我去挖煤矿?”

“煤矿?”

“活着首先要有钱。对你我不多说了。”

“你说得对。”文麒听到董轩泽这么说，也无法反驳。

“一个月给你三万。”

“兄弟，你帮我太多了。”文麒郑重地说，“我会仔细考虑你的话的。”

“行，我结婚了，你来吧。”

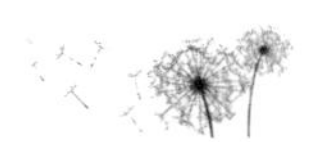

98

董轩泽喜欢交朋友，他说，以道交者，天荒而地老。婚礼仪式上，人头攒动，热闹非凡。在感情的路上，文麒看得出，其实他也受过伤，只是不愿再提及。提及又有什么意义，拥有的就是最好的选择。如今，开始涉足矿产开发有段时间的他，事业蒸蒸日上，时常出入高级场所，买了豪车。现在，他又走完了人生的第三大步——成家。婚礼上的他西装革履，英气逼人，在司仪的主持下，用陕西话喊了一句“老婆我爱你”。引得满堂笑声。在岳父将女儿交给他的那一刻，文麒觉得他已经不再是那个当初和朴教授一起在机场接他的董轩泽，现在的他，不再是单纯白纸一张的学生，而是一个老板、女婿、老公。

文麒第N次回到了釜山。

从硕士毕业回国的董轩泽气势磅礴的婚礼和豪华的婚房，到留在韩国继续读博士的文麒自己居住的狭小的考试院，他翻开韩文课本，有一种想要撕书的冲动。

二十八岁的他，已经没有那么多想说的话，年迈的父母、与国内同龄人脱节的人生，看不到希望的未来！他觉得自己一直挺倒霉，但其实也是幸运的，比如，还活着，四肢健全，没有得病。

负面情绪在史无前例的滋生中，学校里的一张张原本是亲切的面庞如今却在他的脑海中群魔乱舞，让他再也无法安心学习，一言难尽的各种异端令他的周遭漫溢着一股说不出缘由的绝望，尽管他依然坚信明天会是美好的。

文麒最终拒绝了董轩泽的召唤，他想要靠自己。想成为一名小说家，这是他的梦想，打算不到黄河心不死。何况，煤矿行业不是自己在行的，和很早就开始关注矿产开发领域的董轩泽不同，自己不了解“三超”生产[①]、“三条线”[②] 等名词的含义，也摸不透各路局长、运政稽查等人物角色的办事风格。这些年在韩国掉进打工堆儿里的文麒，对国内本就不熟悉的江湖已然感到了愈加的陌生，而在陌生的领域里，既未必会感到愉快，也未必能赚到钱。

未来因未知而充满希望，命运由必然中的偶然决定。继续留在韩国读博就是自己的人生。文麒扔了酒瓶，穿上衣服，走下楼，去通过散步排解孤独。走到住所附近的一所中国语学院[③]的楼下。他想了想，走上楼去。

“你是博士?”坐在前台内的，一个院长范儿的人问。

“是的。”文麒紧紧张张地点点头。

“好吧，给你一个机会。”院长范儿看着他，面无表情地说，“下周你来试讲。”

一周后，文麒凭借扎实的中文功底和幽默风趣的授课风格，征服了院长，顺利地通过了试讲。院长将课程表交到了他的手里。“文老师，我这里刚好有一个中国老师要回国，下周开始，你来上班吧。”

“非常感谢!”就这样，哪怕是兼职，穷学生文麒也找到了工作。

---

① 煤矿行业专有名词，指超能力生产、超强度生产、超定员生产。

② 煤矿行业专有名词，指井下通讯、压风、防尘供水系统。

③ 韩式中文，意为中文培训学校。

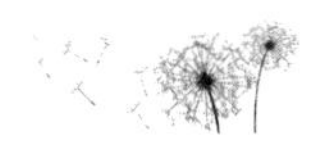

来韩国的第六年，他终于在韩国找到了一份白领的工作。二十八岁的文麒，终于得到了韩国白领阶层的承认。

尽管有些晚，可他还是等来了。尽管得到这个阶层的承认也未必就代表全面的成功，但作为文麒来讲，这是一个具有里程碑意义的自我突破，这是他人生中第一份白领的工作，且是在陌生的、遥远的、语言文化不同的海外。

他过了一个月朝七晚九的生活，每天六点不到按时起床，洗漱完毕，把自己尽量打扮得光彩照人，然后出现在学院的讲台上，以老师的身份，将中国的语言文化、社会知识等传授给韩国友人。学生们也很努力进取，除了在校学生之外，也有很多职场人士，他们每日的生活和文麒一样紧张充实，每天七点，赶来教室，学习一个小时的中文，再于韩国的上班时间——九点之前，赶去单位，开始一天的工作。

文麒在上班的同时，亦须兼顾博士的课程，他把每天的课尽量选在自己不讲课的时间段，下了课第一时间回到学院，又变成别人的老师。一个月过去，他得到了在海外作为白领的第一份约合人民币六千的工资。

六千块钱的工资在釜山算很少，而这六千块钱，还是文麒凭借自己的大无畏精神争取来的。一开始，他根本没有跟老板谈钱，只想着先把事情做好，自己在做，老板在看，只要付出的多，便不用担心回报。但在一个偶然的机会上，他获悉了自己课时费的具体数目，跌破了自己的最低心理价位，于是，光脚不怕穿鞋的他，冒着被老板易如反掌地炒鱿鱼的风险，发扬着大无畏的士可杀不可辱、大不了人生豪迈的精神，向很容易生气的老板极其委婉表达了钱有点少的看法。老板闻之，即刻拿出老江湖的表情，表示现在行情就是如此，给中国人这个价位，中国人就会干。作为一个商人，他无能为力，最后表示希望还能再见到文麒。文麒闻之，内心强烈表示这样吃定中国人是不道德的，但表面上还是站在了市场行情这一边，和老板一起面对了这残酷的现实。

提了钱少之后的第二天，老板见到文麒，似乎也有些不好意思，而冷静后的文麒，也不想将对抗行为这个不定时炸弹搞得过于威力巨大，况且，自己毕竟经验不丰富，也没有讨价还价的资格，提出增加工资没有被炒鱿鱼已经算幸运。那么，也就只能暂时继续忍气吞声，吃亏是福，毕竟，这还是一个盈利着的活动，不论是从金钱上，还是从形而上学上。而月底领工资时，他发现自己的时薪比以前高了一些，于是，又被缺少人手的老板稳定住军心。

三个月过去，文麒渐渐适应了角色，少了升级初期的欣喜，多了讲台上的从容。每天平静地上下课、上下班，然后回到自己狭小又幽静的考试院。

一天晚上，打开 QQ，他发现拉拉丽莎的签名改成了“入土为安”。

“什么是入土为安?”

“我结婚了，婚姻不是爱情的坟墓么。”

“哦。”

拉拉丽莎结婚了，也许，这就是对她来说，最好的结局。理智点讲，未来难以预测，但文麒在祝福她的同时，选择相信明天会更好。

文麒点开了她的空间，拉拉丽莎以前写的一些文字再一次通过眼睛，刺激到他的大脑皮层：

噩梦知秋

京剧样板戏《白毛女》选段：“理想把人都变成鬼，现实将鬼都化成人。”

他们在各自找队伍，各自入流，纷纷在向我招手。可惜我不是人也不是鬼，我是一只闲云野鹤。

从北京到芜湖，从学知园的榻榻米到芳源里的沙发床，从一四〇九的车厢到老家的大摇椅，睡不醒，睡不眠，脑袋里反复播放着各式各样的噩梦。我需要一个温和又湿漉漉的大大的抱抱，把那些傻呵呵的情绪都拥抱起来再系上个优雅的蝴蝶结统统快递走。然后才好让自己继续 RPG① 成一块柔软的石头。

左藤夏美在不同的时间不同的地点不同的天气遭遇着不同的刘健一，从美梦到噩梦再到梦淡出，这是我所有现实如梦的一条主线。这故事循环上演着，似乎永不落幕。在我想喊“咔”的时候，却总是发觉胶片已泛黄褪色，或是风景还没看够。所有遇见的人都是必然，所有经历的事都是必须。这一定不是姜太公钓鱼，愿者上钩。

这个多事之秋，宅在老家打扫心情整理思绪。每天上网，听打口，喝茶，看书，傍晚骑单车遛两只小狗，晚上出去晒月亮。怕吵怕生怕人多，怕长胖怕变不漂亮，美容觉和烟熏妆让我懒洋洋地回眸一笑媚眼如丝。酒桌夜店 KTV 提不起什么太大的兴致，山珍海味还是美味不过家门口的一碗麻辣烫。我对鸭子说，芜湖这座城市太适合居住养老，可是有的人已经走不回来了因为她走得太远了，足迹淹没了来时的路。

纵然你的车你的想法你的腰包再大也装不下一颗女人的心了，因为心比天大。以前我总在干一些你倒霉我倒霉大家都倒霉的事，现在你好我好大家都好才是所有我想要的结果。

时间来帮忙，这个结于是不解自破，因为我老了，或者说，我长大了。我想也许是我变了，也许是我们都变了，这世界唯一不变的，就是全都在不断变化着。所以我困了，累了，安静了，小声了，沉默了，微笑了，挽着长发踩着高跟穿着黑丝紧身裙盛开在阳光下了，珊瑚色、腮红玫

① 英文“Role－playing game”的简称，意为角色扮演游戏。

瑰色的指甲，Tiffany[①] 耳坠的光泽和 Hermes[②] 香水的尾调，它们让我快乐了。

湖畔的路人在看我，我在看湖中倒影的路人，我们都是彼此短暂视线里的美丽风景一闪而过，就好像每个噩梦开始的念头。

清早在听着我和查理做的歌，脑里勾勒着北京上海莫斯科的轮廓，又一次昏昏欲睡。星光下白日做梦，忠奸剧大小结局还在一个个地轮番登场。无非是活着，懵懵懂懂，继续出梦再入梦。

没有什么狠角色会让你不依不饶，没有什么旧场景会让你不走不留。

① 英文，蒂芙尼，著名美国珠宝品牌。

② 英文，爱马仕，著名法国奢侈品品牌。

99

课堂上的文老师开始频频出错，不是提笔忘汉字，就是讲错韩语。于是，如同一叶漂在生存的巨浪中，说翻就翻的小舟一般的学院在一个月末，由院长助理发来短信，表示下个月报名的学生不多，让他休息一段时间，无声无息地，巧妙地炒掉了他。

炒掉就炒掉。

菱悦如在两个月前对文麒说，我不会嫁给希望，希望你早点从梦中醒来。

文麒不想再说什么，还能说什么呢。千辛万苦走到了今天，读了博士，干了海外白领，才发现原来所有的所有在菱悦如眼中只是一个“假、大、空。”

十一月的釜山，文麒慢慢地散步在釜山夜晚的街道上，去超市，买吃的。上身羽绒服，下身是个短裤，一头卷发，看看店里镜子中的自己，像一个假韩国人。

文麒的生活依然如此，至少在近期内，还能怎么样呢？菱悦如结婚了，真的嫁给了那个颇有能力的首尔大学硕士。以她为代表的一部分西安女孩，对自己说了一个重重的 NO。

国内的同学说：

“我和朋友聊天，玩，基本聊的都是换车、买房、最近的股票、基金，买什么理财产品，或者最近有什么好项目，你突然给我说的什么小说、签证、读博及韩国之类，这些都是虚无缥缈的东西。”

他们又说：

“说实话咱俩共同语言并不多，也可以说没有，我耐心地给你说这些，是发自内心的，想把你从校园思维中拉出来。”

“你们是对的。我以为坚持住了就是成功，现实却是将一条路走到了绝望的深渊崖口。我能怪罪谁呢。如果对自己不满，那就拿起勇气，割开血管，或者一跃而下。极端也罢，怎么也好。”文麒对着电脑屏幕，这样糊里糊涂不管对错地答道的同时，脸上浮现出无关痛痒的表情，人各有志，何必要用你们的价值观来胁迫我呢。

至于菱悦如，缘起缘灭，如同有生就有死。就让已经过去的所有，带走眼泪。

100

多少有了在韩白领经验的文麒很快又有了新的工作，虽然是打工，可也是白领。干了回国际游戏会展的展台翻译，负责了国内一家著名公司的展台。西装革履的文麒出现在会展中心，被如云美女惊呆之后，被头儿命令脱下西装穿上会展T恤服务装。过了一会儿，著名公司的代表们出现在文麒的视野里，代表们一行三人，两男一女，走在前边的男士看上去约有四十岁上下，个子不太高，蓄着一头灰黑色的短发，淡黄色的皮肤，秋水明眸，衣着朴素，健步如飞。另外两位是和文麒年龄差不多的年轻人。四十岁上下见到文麒说了声哥们儿，你好。递了张名片，文麒恭敬地接过一看，总裁。这时候，展台来了位高鼻梁，蓝眼睛的客人，总裁张口秀出了一口相当流利又精彩的带有美国口音的英语。

两位年轻人看上去都还不到三十，男的留着一个秃鬓角的中长发，深黑色的眼眸熠熠闪光，不卑不亢，不慌不忙，总裁不时问问他对于某某游戏的见解；女的披肩发，丹凤眼，动作麻利，一位韩国客人光临，女的秀出一口流利韩语。后来得知，此君姓朴。

文麒在这里和他们工作了三天，三天的时间里，总裁一直叫他哥们儿，在偶尔和文麒独处的时候，对于文麒问出的一些诸如“迅雷为什么不支持韩文”这样幼稚的问题，也都来者不拒。最后，尽管在工作中，文麒有限的韩文水平会在他的工作中造成一些误会，造成一些不好的影响，但在会展主办方最终的服务调查中，依然给了他一个好评。

总裁给文麒一种安全感。

101

说点大话。

不回顾过去了，因为想要强调未来。

未来，至少会变得更加理智。

理智才能平静，平静才能发展。

也会更加注重现实。以前一直在脱离这个，现在，想要务实一些。

也要珍惜现有的幸福，不再去做一些没有道理的事情。

努力生活，永远乐观。

依然会为梦想而努力。

这些就是我的理想。

这世上，有的人以深谙规则为荣，而有的人以破坏规则为荣，文麒属于后者。

他充满自信地回到了博士的课堂，这里是高级知识分子的圈子，他不会因噎废食。

人和花草是一样的，要向着阳光生长。二十八岁的文麒，放下了一切，全身心地投入到学习之中，知识令其无限神往，书中有一切。

可还是兴趣为先最好，他为了提高自已得学术素养，跨科选了一门叫作论文批评的课，教授每周公布一篇论文让学生批评。而枯燥无比的跨科论文让这几年文笔有所提高的文麒看起来味同嚼蜡，于是便有了一篇研究师范的论文批评：

学高为师，身正为范。

这篇记叙文我仔细地品了五遍，一方面感到受益匪浅，一方面也感到索然无味。文章非常精准到位地描绘了一个好教授的范儿，剖析了解决一个问题的有机过程，最后准确地点出了一个普世价值——学生怕老师。另一方面，文中出现了许多甚至都不是新的条条框框的老一套，比如老师的一切出发点是为了学生，再一次重复了已完成许久的思维，让读者怀疑笔者是否是一个不凡的人，是否是一名真正优秀的人民教师。

一方面，文章的口吻是和蔼的，是宽厚的，是崇德广业的。是尊重知识和知恩报恩的，对于朱先生的塑造让读者感受得到一股强烈的平静的知识分子气质，是冷静而对人类负责的。

另一方面，从各种例如老师该怎么做才能更好地引导学生进入最佳状态这样的，工厂流水线一般的规矩罗列来看，文章还是为了取悦而取悦，为了讨好而讨好，依然是一片洋洋洒洒的循规蹈矩，依然在努力地寻找能够更好的迎合社会的各种枷锁，而没有毁灭一切的勇气，没有具有理想主义倾向的杰出感，也没有无为而治的大魄力。

望不吝赐教。

这篇文章让系里严厉到出名的任课教授批了一个不及格。而文麒却不以为然，依然我行我素，于是，打从这起，文麒与教授之间的关系就多了些道不同不相为谋的意味，虽然尚可君子和而不同。

102

这一天，文麒忽然感到一种莫名地茅塞顿开。

清晨阳光一缕，啊，世界充满美好。文麒戴上耳机，随着音乐摇晃起脑袋。二十九岁的文麒忽然觉得世界并没有那么灰暗，原来再怎么沉重的所谓包袱都可以放得下。我的眼中只有松软的床和赐予自己力量的知识。

文麒开始了每天泡图书馆的生活，晃晃悠悠，又新交了两个朋友。一个来韩八年，三十七了，老光棍，读博。另外一个是硕士，年龄也不小，一个中国帅小伙。

老光棍留着打满发蜡的运动短发，大大的眼睛，高高的鼻子。中等身材，一身健硕的肌肉。此君性格开朗，好与人交际，也正因为如此，在韩国讲得一口流利韩语。他每逢路过熟人的店铺或办公室，就进去刷一张脸卡，用行动教育了一直以来颇为闷骚的文麒。

帅小伙出身中国军队，一头韩式卷发下面，有一双深邃乌黑的眼眸，棱角的脸庞透着坚毅。和文麒一样，是个文学爱好者。帅小伙的书全在网络发表，曾有家网站希望将他的小说以一万块买断，他没答应。

身在韩国，这是现实，是当下，文麒靠着脸卡、酒桌和共同的目标三样法宝，又和系里的韩国助教建立了友谊，助教又将文麒拉进了自己的朋友圈。

除了两位同胞和几个韩国朋友，如今，告别了故我，脸皮变得厚而坚硬如铁板的文麒，又主动搭讪结交了几位日本朋友。其中一个男生染着张扬的金发，耳钉几个，文眉，来自长崎，名曰草野仁。他是一个努力的年轻人，每天泡在图书馆，和文麒常见面。找一些共同的话题对文麒来说不那么难，首先，至少他们都是学习生活在釜山的外国留学生；其次，互为一衣带水之邻邦间许多共同熟知的元素也让他们之间的距离渐渐缩小。

不过朋友再多，最靠得住的终究只有几个。

有天文麒以前的水果店老板打来电话，干脆利落地问文麒借一百万韩币，说一周后归还。这个老板一直在釜山，家也不很远，地铁五站路。他在水果店打工的时候，老板对他很大气，很照顾他，有时候，文麒学校有事只干了一个半小时的活儿，老板却给了两个小时的工资。文麒不干了以后，这位老板也时常叫他一起出来喝酒，同时也介绍还在他那里的打工的朋友给他认识。这些打工的朋友，也都是附近的留学生，有的也和他同校。便形成了一张关系网，于是他便爽快地迅速打了二百万给他。

结果老板过期未还。

一开始文麒想着人都有难处。既然自己手头还有点儿，朋友遇到困难的话，就能帮则帮，别只能一起吃烤肉，一起工作，不能有难同当，便安静等待，未催促。又过了一周，老板依旧杳无音信，文麒想，男人，大气一点，哪怕二百万不要了，帮个朋友。又过了几天，文麒没钱了，便给老板打了电话，电话不接又发了短信，表示自己没办法继续帮他，短信未回。文麒想，困难期还未度过，没脸见我吧。同时韩国也盛传经济不景气之传言，他便再一次地放了负债者一马。

而这一次放马是忠烈的，他不得不又问帅小伙和已经回国的郑卫鸿借了人民币五千暂时度日。郑卫鸿在迅速打钱过来的同时告知你我是生死弟兄关系，这种关系是可以借钱的，和那个老板不同。文麒说，的确，他现在知道了，我们不仅是生死弟兄关系，还是马克思与恩格斯的关系。

而一周之后老板情况依然未变，短信不回，电话不接。文麒虽然有钱了，但仍出于道义地火了，我帮你，也希望你能体谅我啊，这不是钱的事儿，这是作为朋友的态度问题。已经远远超越了金钱。遂便又一次拨打电话，决心这次不接就登门拜访，电话奇迹般地通了。

“文麒啊！我知道你没钱了，把你的账号发给我吧，不好意思！”老板在那头儿说。

“好的，老板，抱歉的是我，因为自己实在不行了！”听到老板真心的话语，文麒有点心软，甚至有点后悔，于是语气缓和地说道。

到了晚上，文麒的账户余额依旧是个零蛋。

玩笑开够了，他再一次拨打老板的电话，不接。

他发了短信，表示如果今天晚上再不打钱过来，明天就去报警，于是老板发来短信要账号。

刀不架在脖子上，你把我当加菲猫。晚上，文麒收到了二百万韩币。余怒未消的文麒再次限定老板本周之前请自己喝酒道歉，以后便还是朋友，未见回。

真是患难见真情。这次金融危机让文麒认识到什么是友谊，什么是患难之交与马恩关系。

偶尔，当地人的表现会让他失望，尤其是交往中涉及经济问题的时候。他们很难像相信同胞那样相信自己，而当自己选择去主动相信他们的时候，他们还是难以完全将自己作为一个长期的关系来经营。但是，反观自照，文麒的根也的确不在这里。他可以跑得了和尚，跑得了庙。他可以很灵活，而灵活的另一面是不稳定。

他是一颗飘荡在太极旗下的，蒲公英的种子，看似自由自在，却也身不由己。

103

文麒毫无预兆的时来运转，否极泰来。

许教授毫无预兆在和文麒的一次见面中介绍了自己的弟子兼文麒的前辈给文麒，前辈姓崔，韩国人，女。乌黑的披肩中长发，白嫩细致的肌肤，精巧的双眼皮下，忽闪着一双乌黑透彻的眼睛，在一家翻译公司负责招收韩中翻译，已婚。

托崔前辈的福，文麒获得了参加这家翻译公司面试的机会。面试的那天，思维敏捷、举止优雅得体、讲得一口流利韩语的他不但自己谋得了差事，又做了兼职翻译，负责担任即将到来的一个展会接待翻译的工作，还博得了公司进一步的信任，受托帮助前辈的公司招收四十名左右的临时翻译。

帮公司招人这种差事是肥缺，虽然公司不会特别提成，但赋予了文麒权力。他帮十几个中韩两国人找了差事，连续几周被人请吃饭，每天出门不用带饭钱，还吃得很好，油水很足，品种换得很勤。后来成了文麒和饭局斗法抢时间，在预计没有饭局的情况下，争分夺秒地去超市买点青菜换换口味、食食素，但又被突然杀出的程咬金荤菜饭局所截获。再后来，他迅速结束工作回国了，否则夸张点讲，自己将被油死在韩国。

104

大清早的，有点想念韩国。

不是想念就要怎么样，想念就是想念。

孔庆东教授[①]被反了，反得好。

韩国也有很多英雄，他们在很多方面做得非常好。

韩国年轻人内心纯净，笑容里没有杂质，韩国的阳光真的灿烂。

想念韩国，想念身处韩国的，年轻的，喜欢追逐梦想的自己。

文麒带着一点喜悦在暑假结束之前的一个月回到了韩国。这一次非比寻常，这是他博士的最后一个学期了，这时候人生没有废话。

他觉得自己也许快要成功了，这次回去的最大的收获是小说的选题终于通过，和出版社签了合同，梦想越来越近。同时，也希望可以凭借拥有一部著作的加分，在韩国谋到一个教授中国文化的职位，暂时留在韩国。

文麒算了下，自己来韩国有六年半了。在这快七年的光景里，自己不再是过去的自己，世界也不再是过去的世界。

他觉得生活中的大部分绝望、无助、不安、猜疑都是自作多情的扯淡，因为事实上，对面的世界并不是自己想象的那样，自己既不是先知，

① 北大中文系教授，曾经撰文质疑韩国的部分社会文化。

也没有可窥见人心的透视眼。就像一只病榻中的小猫，你给它打针，它只顾着大叫。

心情不错的文麒租了一间较好的公寓，又买了一辆摩托，美其名曰为了创造一个良好的创作环境，不将时间消磨在无谓的干扰上。

硬件准备就绪之后，他一脸稚嫩豪气地重新出现在学校图书馆里，上午在图书馆潜心阅读，下午将阅读笔记，融会贯通到和假期也在学校继续搞研究的教授们的交谈中，晚上再将所有的收获写进他的小说。

由于是上午的“临时抱佛脚”，下午他便可以在教授们面前将精彩的段落一字不漏地出口成章，令教授们的精神亦为之一振，也令自己的形象闪闪发光。晚上，便可将最新鲜，最棒的感悟加进文章。

而随着生活脚步的向前迈进，金融问题又渐渐浮出水面，千金轻松散尽，但尚未艰难还复来。

交了新房间的押金，买了摩托，付了学费，再加上几日的日常消耗，文麒手中的余额也不堪回首地归零。

老天。

文麒知道赢字怎么写，于是他又开始了四处觅金的活动。

对现在的他来讲，寻觅金钱是一件不容易的事情，眼看弹尽粮绝的文麒此刻什么也不能想，只能坐在温暖舒适的新房里寻觅下一个月的房租。即便是签了合同的小说，也不得不被他放在一边，因为眼下的生存是不可阻挡的第一大计。

文麒倒是不会去责怪来自生活的阻碍，因为任何经历对作家来讲都是财富，写作贯穿于生活的每一个瞬间。

如今摆在他面前的，是新一轮的难关。文麒又想起来了多年来自己的一个外号——不死鸟，如今不死鸟必须再度起飞。

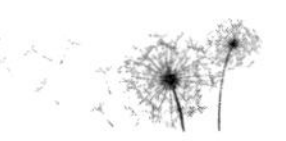

大部分的难关无外乎一个钱字。办事缺钱的时候，人就会像战场上打光了子弹的士兵，顷刻间变得举步维艰。缺钱的时候，人们往往会收起往日和蔼宽怀的笑容，而否认或只字不提自己一些曾经的许诺。这没有关系，君子也可以食言，只要尚能做到一切以义为依归。

在物价的面前，文麒的原型暴露无遗，是的，自己依然只是一个社会底层人中的受教育程度较高者。买不起漂亮的手表、皮带、皮鞋，甚至一个稍微上档次点儿的钥匙链，没法买台车而不是摩托，没法投资自己，用精良的装备来节省时间。当然，尽管如此，也不能且不会唯利是图，但他相信至少有钱好办事。

此时所有他曾经效力过的公司都仿佛已经倒闭，让他的所有招呼都没有得到迅速而有力的答复。他想到了自己以前那些得过且过的行为，眼看着机会一个一个地从自己眼前溜走，自己却因为判断失误或是懒惰而无动于衷。如今机会全部走掉，才懂得什么叫作美好源于失去。

想到上次回国之前的那个火爆场面，文麒也了解到什么叫做不稳定。

没想到这一次转变来得这么快，他有一种被幸福生活抛弃的感觉。小说家、学者的幻影全部被空空的钱包所击散，新一轮的金融危机卷土重来。

105

想念二十六七岁时的自己，那时候觉得自己能够获得超级巨大的成功，很有无所畏惧的冲劲，也获得了许多战利品。虽然因此而吓跑了很多人，可至少还是杀出了超级自信，也找到了人生的突破口。

现在归于平静了，为了听从自然力的召唤。过去的东西总因为已经失去而让人倍感珍惜那些记忆，因为再也找不到纯情的自己，他已经死在自己的记忆中。

金融危机无前兆地被一封翻译公司发来的邮件忽然打破。文麒再次像抓住救命稻草一般接到公司的命令，进入工作状态之中。回头看看自己的“光辉”简历，想来这样的结果也是必然中的偶然。

钻石像梦中情人一样，可以让人忘记疲劳，有了利益的驱使，文麒浑身是胆，浑身是力。为了能将稿件翻译得更加完美，每天带着水杯和便当，背着电脑，一大早便来到图书馆，一坐便是十个小时。虽然孤身一人，但没有寂寞的感觉，通过书本上的文字，和智者深度交流的状态，让他重新点燃了自己的梦想之灯，照破了周遭的一切黑暗。

106

金融危机被打破后，一石激起千层浪，紧接着，一所女子初中，和文麒以前效力过的培训学校的老板，又给他打来了紧急电话。一转眼，他又执起教鞭，第一次来到韩国的一所正规中学，成了一名大韩民国的人民教师，下课后，培训学校和翻译公司的外快又向他涌来。

生活就是如此，天生我材必有用，千金散尽还复来。

而文麒也即将迎来自己的三十岁。

鄙人永远否定三十岁就要有中年人的“稳重”。

稳重是面对一个月赚五到七个亿时的沉着与不屑，与年龄没有任何的关联。渴望能够重新找到，能够欣赏跳房子乐队、Gala、lube、李香兰时的状态，那个阶段，永远是人生真正的光辉时代。

再不疯狂就老了，再不努力就会造就毕生遗憾了，文麒开始越发地积极向上，早起先去听课，然后去图书馆，到时间去讲课，讲完课后又转战回图书馆。此刻正在做老师的他，更加深刻地体味到，知识就是力量和金钱。

女子初中是一所私立学校，班上的这些小女孩儿们不是一般的不听话，课堂上，聊天的、打闹的、惊叫的、睡觉的、写作业的、玩手机的、画画的、做手工的、发呆的、不理睬文麒提问的，比比皆是，和文麒小时候一样，令文麒十分苦恼，令文麒不得不频频使出绝招——粉笔炮弹。虽然，击出的粉笔炮弹，有时候会被小女孩们接住，再走到文麒的讲台前，恭敬地还给他。再有一点，就是他是用韩语授课，一个班三四十人，声音要十分巨大，所以，如果喊错了，喊成了外星语，也将是十分巨大的声音。

尽管闹心，但小女孩们毕竟小，小便怯，也有单纯可爱的一面。她们是韩国未来的花朵，文麒是和平年代教师版的国际主义者白求恩。

在课堂上，文麒必须做到能够回答调皮的学生提出的各种奇怪问题，兵来将挡水来土掩。必须注意措辞，语言要具体、准确、恰当，不能含糊。

而培训学校的几个学生分别为初中生、高中生和公务员。公务员之外，均为女生。她们正是十六七岁的花季年龄，她们的眼睛里充满单纯与真挚。

不是最近很忙，我一贯都忙。
忙着谦虚。
低头，喊哥。
虽然疑似油嘴滑舌和献媚拍马屁了，
但的确是真挚地想学点东西。

现在自己要当哥了，又会留恋青春。
据说青春像蜡烛，理想像火，蜡烛没了，火也就灭了。
那是不可能的，我的青春是永不熄灭的奥运火炬。

107

这一天是文麒留韩学习生涯的最后一节课，这一次，他一反常态，对着自己往日全然不感兴趣的专业课也油然而生出一股敬意来，甚至有些后悔没有好好学习过这些专业知识，看来，即使是不喜欢的东西，只要是拥有过的，要失去了，也是一样，才会懂得珍惜。

时光在无休止的忙碌中悄然逝去，文麒不知过程如何，但结果完美地完成了学生生涯的最后一个学期。如今的他的速度很快，快如疾风。他认为自己距离超级巨大的成功仅仅剩下一步之遥了，最高的境界就在眼前，最初的梦想也会随之实现。

秋天的校园，忙碌的学生，像一幅美丽的油彩画，而自己也置身于这幅画中，置身于这样一个美丽的梦境之中。此刻，享受这一切，就是生活的全部。全部的努力、汗水、希望、梦想，将在这一刻绽放。

一天清早，他接到许教授的电话，电话里，许教授代表文麒的母校，问他是否愿意在母校任教。

三十岁了，文麒的眼角有点湿。

后　记

这部具有私人性质的小说写于韩国，大约于二〇〇六年动笔，到二〇一五年修改完结。其间，携它登上过腾讯网读书频道原创文学板块的首页，签约过一家当时规模不算大的文学网站，最后，在大家的支持和帮助下，得以出版。

写作的过程中，因为对自己和生活产生过怀疑，有过几次中断。而后来，因为自信，最终还是完成了。

这部小说的很大一部分是我在釜山一家考试院的一个只有五六平米大小的房间中完成的，那个时候，狭小的空间却撑大了创作的灵感。也有一部分，被我完成于青涩时期的课堂、等待老板时公司门口的石台、回国时的飞机、轮船、火车上，中国的家、以及和伙伴们聚会时，任何一个安静或嘈杂的包间里。之所以自发而非硬着头皮地这么做了，我想，也许因为这就是生活对我的选择。

每个人都会老去，都会为青春的逝去而忧伤，因为那意味着人生所能期望的东西越来越少，我也不例外。所能做的，只有纪念，算作是对青春的一个凭吊。我的青春，或者是部分的青春，就这样被总结在了这部书中，然后，希望它并不是渺小的。

李　文

2016 年 7 月 6 日